爱让人向上　爱让人成长

辫子姐姐纯情经典

当左括号遇到右括号

郁雨君 作品

山东文艺出版社

"难道、难道我们是一对医院抱错的孩子?"

"我们怎么办?要不要告诉大人?"

"Keep secret!"念念每个音节都咬得很重很重。

"你和我拉钩,不许反悔!"

念念伸出了左手的小拇指,米戈伸出了右手的小拇指。

两只弯曲着的小拇指,颤抖地钩在了一起,

钩成了一个发烫的小写X。

左括号和右括号,一声不吭,背对着背离开。

两个小孩塌着肩胛,这个秘密实在太重、太重!

如果左括号从来没有遇见右括号就好了,

我情愿做一只单括号!

梳麻花辫子的雨君，穿搭襻鞋的雨君

棉布的雨君，长裙的雨君

是条微笑的鱼，沉湎于温暖的水域

偶尔被水草缠绕，所幸都不是死结

被女生同化的人，为女生写作到底的人

好奇的人，自卑的人，透明的人

想入非非的人，漫无目的的人

恍惚的人，心智依旧在成长的人

不是作家，以一寸一寸速度写作的人

会被一个词语一个句子一声旋律击中的人

在歌声和书本中终日游荡、不可自拔的人

写过一点东西以后有点惴惴不安的人

说话，有她自己的腔调

做人，心眼宽大

什么样的心事一穿而过，从不打结

个人邮箱：bianziyujun@126.com
作品网站：www.hysts.com
新浪微博：辫子雨君

目录

这个让我心疼的男孩（前言） 011

我爱仙女姐姐 015

熏衣草一直在等待 045

当左括号遇到右括号 075

深蓝色的眼泪 103

住在白菜心深处 133

一定要幸福喔 167

这个让我心疼的男孩(前言)

郁雨君

我写过不少完美男孩,他们常常是英俊、有个性、有胆子,柔软和顽固同在,温暖和冷酷并存。和许多女生一样,在他们身上,我不由自主地寄托着对男孩这个物种所有美好的期待和向往。

不过有一天,有个女孩叫"黑眼圈",她发邮件给我说:"雨君,我周围到处是平凡到有点衰的男孩,想想他们会有怎样的憧憬、思念、忧伤和热爱呢?你能再写一个这样的男孩给我看么?"

男孩米戈就这样来了。

第一篇故事我请"黑眼圈"当作业批改,她的批语是:"米戈是属于那种认定了事就不放的孩子吧?但是他真的有点

可怜,不过,这些男孩通常能不露声色地忍受,所有平凡的孩子就是这样长大的呀。"

接着,我一笔一画地勾画着米戈,他是一个让我心疼的男孩,他不偶像,他又瘦又高,他更接近一些生活里那些真实的男孩。米戈被强壮的男孩欺负,被看不上他的女孩嘲笑,被性格暴躁的妈妈压迫,不过后来妈妈越来越好,我也越写越欣慰。我想告诉所有的孩子,其实有时被你看作天敌的大人心里也有柔软的爱,只不过它藏得更深更隐秘。我还想告诉所有的孩子,再糟糕的境地也会出现美好扭转的奇迹,曲曲折折的长大里,到处埋伏着柳暗花明的契机。

当然米戈的生活里也出现了一些很特别的女孩,通常是一些姐姐,她们是超出你平常想象的女孩:比如把心里的顾虑和重担统统放下的背包客女孩古古安,义无反顾地走遍全世界的熏衣草田;比如双腿颀长胃口惊人的模特琼耳,不停地拜托米戈"快点强壮起来吧";比如喜欢养白菜心的牙医助理与格,不断地与内心的伤痕抗衡着……她们奇异的经历和单纯强烈的个性,震撼着影响着一个男孩的心灵和成长。

我很想通过米戈告诉大家的是：对一个男孩来说，外表的强壮也许只是徒有其表，你的确要经历一些打击，一些不同寻常的人和事，然后，有一种内心的力量悄悄滋长起来，它从此在你的身体里落地生根，任谁也不能夺走了。

这个意思遍布在整本的米戈系列里，在角角落落的情节和句子里。

这本书里的米戈故事就是一个十五六岁男孩清澈特别的观察和成长感受，一个个忧伤暗涌的故事，那些单纯而强烈的爱与痛，首尾连接着岁月和成长。我在写到《深蓝色的眼泪》时，在写到《住在白菜心深处》时，一边写一边和我的米戈一起流出了清澈的眼泪。

如果读着读着你也流出了清澈的眼泪，那么我就得到了写作这个叫做米戈的男孩的最大幸福。

我爱仙女姐姐

1

穿过草坪，米戈手里举着晚报，迫不及待翻到体育版。

找到啦，嘴唇肥嘟嘟的光头球星巴克利，乖乖，他真的亲了一头公驴的屁股哩。

哈，这个狂妄的家伙，这下糗大了，他当着全美国人的面打赌什么姚明要能在NBA常规赛里得19分的话，他就亲吻他在TNT电视台的"NBA星期四"节目的搭档史密斯的屁股。这家伙话音没落下多久，姚明就结结实实在湖人队那里拿下20分。

巴克利输了，史密斯却不肯奉献自己的屁股。结果这家伙花500美金，租了一头公驴，让自食其果的大嘴巴克利自己去啃。

最逗乐解气的场面就这么诞生了，米戈笑得肩胛一抽一抽的，报纸跟着哗啦哗啦抖。

这是他一天最开心的时候，踏进家门以前的十多分钟，既不在学校闷闷的"低压范围"，也不在老妈的"高压辐射圈"里。晃上那么一会会，十来分钟的时间，没有任何负担地读读报纸，尤其新进NBA状元秀的姚明每一点消息，他都如饥似渴地吸收着。

忽然，他走不动了，转头，书包带子被一个人扯住了。

那个女孩的表情十万火急，嘴皮上下翻飞，打电报一样着重复着几个音节："嗨，呆子，呆子，呆子！"

米戈的背僵硬起来，不敢相信自己耳朵，谁会衰到这地步，连偷偷自己乐，也会被人拉住了取笑。

"是，是，你聪明，你聪明！"米戈用力转身，迎面却撞上一双焦急的眼睛，瞳仁的颜色很特别，是琥珀色的。

对方不放手，手更用力了，包带扯得更紧，声音拔高到尖叫："我要个袋子，袋子，有没有，有没有啊？"

米戈松了口气，原来不是骂人，人家的眼睛只盯着他的大

书包看哩。

"啪",他很爽快地把包扔在草地上,手臂伸进去在里面摸呀摸,掏呀掏。

"随便什么袋子,只要不漏就行!"她双脚一跳一跳。

"够呛!"米戈摇头,说着话,指尖触到了一袋东西,米戈一喜,把里面的东西倒出来,抽出一只长方的软软的袋子,"看看这个行吧?"

女孩一把抢过就跑,边跑边喊:"凸凸,顶住啊,我来了!"

米戈的眼睛好奇地紧随其后。

一只胖乎乎的小狗晃着鼓得直往下坠的肚子,一步一晃艰难地朝她挪来。

她扑过去,米戈的袋子眨眼套在小狗的圆鼓鼓的屁股上。"喔,拉屎吧!"女孩长长吁了一口气。

袋子底部呼一下坠下来,好酣畅淋漓的一泡狗屎!

"God!"米戈暗暗呻吟。老妈精心缝制的布袋子,里面还衬了一层防水纱布,专门装饭盒子的,才用了没两天。

　　小狗身上一阵奇异地颤抖,随即无比舒畅地大叫一声:"汪——喔!"

　　米戈居然想笑,小狗活像他小时候被老妈扣在高脚痰盂上拉"粑粑",也是经历这样一阵神经质的颤抖,颤抖完了浑身轻松,拉长喉咙通告老爸:"拉——啦!"

　　"谢天谢地!"这个细高细高的女孩长舒一口气,绳子一抽,飞快地收紧袋子,跑到垃圾桶那里扔了!

　　米戈对着报纸上亲驴屁股的巴克利苦笑,嘿嘿,哥们,我的饭袋子也吻上了狗屁股。

　　"哎——"他听到女孩在背后喊了一声,米戈没睬她,一走了事。他根本预料不到,有这样一种女孩,不仅野蛮,还有恶心,不顾三七二十一,抓起别人的东西就当屎袋子使。

2

　　进家门,解鞋带,老妈把两只拖鞋照直扔过来,捏着鼻子吆喝:"快脱快脱,臭死人!"

　　鞋子一只东一只西,米戈不得不先趴在地上,伸长手

臂，用手指吃力地钩到门口。生活在一个一尘不染的家里是一种痛苦而不是幸福，比如任何一点导致被老妈擦得镜子似的地板蒙尘的举动都是一种亵渎和犯罪，他绝对不敢把鞋子踏上去，哪怕动作轻得像针尖那么轻。

怪了，怪了，鞋带怎么打了那么多死结，缠得像老藤？米戈一阵烦躁，一张张坏坏地笑着的脸闪过，刘冰、卢克、简杰、谷耒，在这帮自以为强壮又有头脑的家伙们眼里，像他这种只要用小拇指轻轻一捅立刻趴下的人，是专门送上门给他们逗乐解闷用的。

今天不知是谁的恶作剧，肯定是趁着自己中午打瞌睡时下的手。他们还喜欢把米戈的鞋带解开绕在凳子上，或者把两只鞋死扣在一起。

第一回，他带着凳子，一屁股坐在地上。

第二回，他像个青蛙似的跳两下，然后仰面摔倒。

米戈的脚大鞋大，鞋带也长得要命，足够他们玩花样。

一个人，如果你个子矮得过了分，或者是高得过了分，在学校里，很可能会变成被捉弄的对象。米戈是后者，海拔高度

全校第一,可是人瘦得过了分,在学校里显山露水,又弱不禁风。

"鞋子换好就给我快点死进来!"老妈在厨房淘米,哗啦啦的水流声伴随着她一浪高过一浪的抱怨,"我真要给你活活累死了,烧了今天的还要预备明天的!"

"你倒长几斤肉安慰安慰我啊!吃来吃去仍旧像竹竿!"

"人家不知道,还以为我不舍得给你吃,哪里晓得一天要给你吃四五顿!"

米戈坐在玄关,埋头解鞋带,一个结子连着一个结子,指甲都要抠断了。

米戈是不大和其他男生一起吃饭的,因为盆子里的饭粒数都数得清,比女生胃口还袖珍。小时候,一两牛奶米戈一天都舔不完呢。这点饭量,怎么好意思混迹在一堆高谈阔论、狼吞虎咽的正在发育期的胃口旺盛的小伙子里呢?

其实不是不能吃,他只是要把一顿饭分成几顿吃,要不肚子就胀得不行。

米戈的胃有点特别,体积比别人小几号。如果人家是L号,米戈就是S号,和他飞速蹿高的个子、一天比一天大的脚丫成反比。

所以老妈给米戈预备了单的还有夹的饭袋子,套在饭盒外面保温,早晨下午他需要各加餐一顿。米戈不好意思一个人在课间的时候吃,每天早上装模作样地带走,放学以前偷偷倒了,带着空盒子和空肚子回家。

一天一天,日积月累,米戈越来越高,脚越来越大,人也越来越瘦。整个人好像是用几根细细的线条勉强支撑起来的,有一种卡通般的夸张和滑稽。女生们说着说着话,眼睛就瞟到米戈那里,一起咯咯、咯咯笑,好像他那样子让她们乐得不得了。

米戈尽量不去看她们,只当这帮无聊的女人在抽筋,或者发神经。

"你到底在磨蹭什么?"老妈的声音冒出火星,又亮又高,像火柴就要点燃以前冒出火星的一瞬,"脱鞋子,又不是女人难产。"

米戈放弃了盘根错节的结子,转而用力拔鞋跟。很快他发觉这也是徒劳,鞋面上的带子交错着,捆得死死的,米戈的两只脚怎么都像已经扎根到花盆深处的植物。

"MMD(妈妈的)!"米戈嘀嘀咕咕,声音压得很低。在家里,一个火星,就可能点燃一次爆炸。

"不想死进来就给我滚出去!"老妈冲出厨房,大幅度甩着湿淋淋的双手,水珠做着高速离心运动。

米戈缩缩脖子,他进退两难。

老妈走到门口,只扫了儿子一眼,"哼,又被人修理了?"

可是声音干得发脆,仿佛一碰就碎。米戈情愿老妈像往常一样,很来火地踢他屁股。

要是老妈连凶巴巴的兴趣和力气都没了,只能说明一点,她已经对他灰心了,不抱什么希望了。

她拖着塑料拖鞋,噼里啪啦来回一次,丢了一把剪刀给米戈,上面还带着葱花,"剪,你给我统统剪断!"

米戈头也不抬,抓起剪刀就铰,刀刃已经不那么锋利

了,他铰得很吃力,咬牙切齿的。

换好拖鞋,米戈瞥一眼千辛万苦脱下来的两只运动鞋,鞋帮大开着,碎碎的鞋带散落在四周,样子支离破碎,傻不拉唧。

腿已经发麻,米戈跌跌撞撞一头扎进卫生间,把马桶盖翻下来,打开排风机。然后他坐下来,手随便朝后一伸,就摸到了老爸搁在水箱上的红双喜香烟,空空的胃像空转的齿轮似的嘎嘎蠕动,痛得他一阵阵冒汗。他点着烟,深深吸一口,又全部吐了出来。

如此吐气吸纳了几下,疼痛慢慢消退了。

米戈打开书包,取出本子和笔,用那把铰鞋带的剪刀,把巴克利的照片剪下来,贴进了他的剪报本里,标上了日期,用粗粗的墨水笔写下了几个词,附上同等数量粗壮的感叹号:**公驴屁股!臭丫头!狗屎!衰!**

想了想,米戈又在页面最后添了两行字:

我是金子我会发光!——给偶像姚明

我是活火山我要醒来!——给呕像米戈

他关掉排风机,恢复平静,正要开门,突然一个声音,"汪——喔",擦着米戈的耳朵而过。

一阵抽水马桶的水流声紧随其后,米戈听清楚了,是隔壁邻居家传来的声音。

米戈家住的是老式公房,上世纪八十年代初的建筑,隔音效果奇差,二楼人家搓麻将,一粒骰子掉在地上,蹦几下米戈都数得清。

三楼住着一个讨人喜欢的翘鼻子姑娘,男朋友上门求亲,一会儿就传遍全楼。大概是姑娘搭架子,急得小伙子放大了嗓门:"亲爱的母老虎,请把我这只小绵羊牵回家吧!"

当时,正好一家人都在屋子里,老妈笑得比春花还灿烂:"听见了吧,学着点,儿子!"

老爸瞥了老妈一眼,幽幽吐出一句:"我们家有一头绵羊已经够了呀!"

3

米戈又把门轻轻带上,稍微站了一会儿,有人开始自言自

语——

凸凸,洗澡喽。澡盆子里不要再拉了!表现要像刚刚在外边草地上那么乖,那么环保,坚决不随地大小便!喔,真该谢谢那个"长豇豆"。谁知道你突然拉肚子了呀,抱你回去都来不及。要不是人家,你早就憋死了哦。我是给你急死了,他是给我气死了!多漂亮结实的一个袋子啊,被我抢了给你拉屎用了。要是哪个巧手MM送的,那更糟糕了。

明天我们再到草地上去等等他看,向他道个歉好不好?对不起,对不起,人家实在内急,真的是走投无路呀!

米戈"咦"了一声。

昨晚吃饭的时候,心情不错的老妈好像是说过隔壁有人搬进来了,是个静悄悄的女孩,穿软底拖鞋,走路一点也不吵。一大一小两个男人照例闷头吃饭,惹得老妈叫起来:"你们没有耳朵啊!"

住在贴隔壁的居然是这个臭丫头啊。

小狗肯定很舒服,哼哼唧唧乱应着。臭丫头撩着水逗着它玩:"来,作个揖,说,谢谢你,长豇豆!长豇豆,谢谢你!"

这种声音让米戈的心突然间软得一塌糊涂,像蒸软的米糕,融到一半的冰淇淋,一大摞"洁芸"纸巾。

就凭着一股脑的心血来潮,米戈一鼓作气摁响隔壁的门铃,不过他的动作尽量轻。摁门铃的手还没放下,门就开了,米戈注意到这小套房子的卫生间就在门旁边。

臭丫头抱着小狗,看见米戈,眼睛迅速放大,"哦、哦,真是奇迹!"她摸摸小狗的鼻子,"凸凸,是不是你会念咒语哦,长豇豆真的来了耶。"

凸凸软塌塌的,像个旧布口袋,靠在她的臂弯里。

"完了完了,香蕉吃多了,吃什么东西肠子都像滑滑梯哦。"臭丫头的声音很亮,在楼道里嗡嗡回荡。

米戈忙回头看自家虚掩的门,来不及了,老妈已经啪地打开门,大半个身体探出来了。她的神色真是惊讶极了,她的意识里,儿子的一切尽在掌握,没想到这截十五岁的小木头男孩

竟然已经会和姑娘搭讪了。

米戈慌乱地回撤,结结巴巴解释:"没、没什么事。就想跟你说一声,我住在隔壁。"

她比米戈沉着得多,笑着点头,"哈,远在天边,近在眼前!"

米戈甩了鞋子,跳进门垫,她的声音追上来了,"长豇豆,凸凸想问你叫什么?我叫琼耳,琼瑶的琼,耳朵的耳。"

"喔,别人叫他长脚鹭鸶,不是长豇豆!"

米戈好没面子,老妈居然主动揭短。

老妈很热心地回答新邻居琼耳:"他叫米戈,我儿子。"

"有意思,听上去跟战斗机差不多。"

"战斗机?"老妈很有自知之明,"打死他也不会和别人打架。"

米戈暗暗顶嘴:"也不看看从小到大一直被谁罩着,发一次脾气严厉镇压一次,现在我是一根没了引火头的火柴梗。"

还好老妈又转移话题,在那里一个劲打听了:"这个房子

租了你多少钱?"

"噢,原来房东是你阿姨!"

"她们出国了?啧啧,保密得真好,我们一点也不知道。"

"她们去哪里啊?美国、加拿大、澳大利亚还是新西兰?"

"你、你一个人住?"……

"十万个为什么"提问完毕,关好两道门,老妈转头,收起热情的笑脸,揪住米戈问,"你到隔壁去过么?"

米戈摇头。

老妈也摇头,疑疑惑惑咕哝着,"不可能啊,不可能啊!"

米戈也不管她,这个老妈,翻脸一向比换频道还快。

老爸回来,一家人吃饭的时候,老妈用筷子指指隔壁,很神秘地说:"我怀疑琼耳不是一个人住的。"

父子俩抬头望望她,又埋头划拉着饭菜。

"啧啧,现在的小姑娘!米戈,你半夜上厕所,听见过她

房子里有什么别的声音?"

"有!"米戈头也不抬,"她的小狗在说梦话。"

老妈的筷子敲到米戈的头顶,"有你这种傻瓜,被人家三花两花,乖乖把饭袋子送给人家当'尿不湿'?"

草坪上的事,是琼耳主动向老妈道谢的吧。

好在老爸没有老妈那么旺盛的好奇心,相反,这方面他简直淡到没有。

老妈继续说:"看看她这两天放在门口等清洁工来收的垃圾袋就知道了,全是食品包装袋,大包装的饺子、卷子面袋、鸡蛋壳、牛奶盒什么的。一个小姑娘哪能吃得下哦?"

"大概是冰箱大扫除,过期的就扔掉了。"老爸知道再不搭腔,老妈就要发作了。

"瞎讲!我看过的,都是这星期的产品!"

老妈竟然去翻人家的垃圾袋?米戈很异样地瞟了她一眼。

"前两天晚报上有条新闻讲,同济大学有个二年级的女生,被人家弄死在租的公房里。"老妈理直气壮地说,"她不

肯说,我也不好问。我关照她有什么事就敲敲墙壁。"

4

第二天米戈换了一双一脚蹬的新皮鞋去读书,老爸答应下班给他配副新鞋带回来。"你最好还是多配两副吧!"老妈话里带着嘲笑。

"妈!"米戈叫了一声。

"我说错了么?"老妈扬起了她那两道浓得像短捺的眉毛。

经过老吴家的鸡蛋饼摊头时,米戈看见琼耳在那儿站着,左右开弓,同时吃着两只鸡蛋饼,眼睛盯着正在铺展开的第三只,"打两个鸡蛋,多点甜面酱!"

她看见米戈,朝他招招手,米戈随便问了一句,"给谁带的早饭?"话一出口,米戈就生自己的气了,怎么也像老妈一样疑神疑鬼起来?

"我啊!"琼耳指指自己鼻子,"哈哈,我属猪!"

"一起走啊!"琼耳夹起第三只蛋饼一边往嘴里填,一边

三步两步撵上来。

琼耳穿了一双高跟鞋,套了一条玫红的紧身牛仔裤,两条腿长得惊人,和米戈走在一起,几乎并驾齐驱。上了小巴士,人很挤,没得座位。两个人都不敢伸直了身体,座位上有个小孩一直仰脸望着他俩,琼耳趁机对有点局促的米戈做了个鬼脸,"小弟弟把我们当长颈鹿啦!"

米戈眼睁睁看着琼耳消灭了第三只厚厚的蛋饼,他还没见过这么能吃的姑娘。

琼耳抹干净了嘴巴,开始逗米戈说话。可大多数时候都是琼耳在说,米戈点头或者摇头。

"你妈说你在H大附中上学?"

"前途无量啊!"她拍拍米戈的肩膀。

"我们高二的英语老师,到H大进修过三个月,他一说H大,就跟说天堂似的,草地,河流,清秀的男生,英国绅士一样的教授。我的同桌死心塌地要考H大,每天不背出二百个单词就坚决不睡觉。她每天在我耳朵边上嗡嗡嗡,像几十只蜜蜂环绕着。那段日子,我在空气里随手一抓,都有一大把字

母。"

"外语科目会考前,我们一起去她妈妈单位里洗澡。她问我洗澡怎么拼,我随口说:b-e-a-r。她很严厉地叫,No,bear是忍受,忍受懂么?她一直念念有词,b-a-t-h,b-e-t-h-a,不对不对,是b-a-t-h-e。我被她烦死了,求她安静一会儿,我实在不能忍受了。她骂我,都是你念什么bear,害我连洗澡这样最简单的词都不会背了!我听到她突然叫了一句'My God!我完了!'就软软地倒在地上。她心脏的供血管比我们细得多,她以为自己只要捱过高考,就可以到天堂般的H大休养生息去了。"

整个车厢静了几秒钟。琼耳笑了笑,继续说:"后来换了一个同桌,日子更糟糕了。我就没用过一件新的东西,新钢笔、新本子,连新衣服也要脱了换给她穿。我再不肯去学校了,那个女土匪有狐臭,我穿她的衣服,只要皱皱眉头,就要挨一个耳刮子。后来老师给我换了位子,她还是缠着我。她能一只手在底下拧我,一只手和我勾肩搭背的,她那一套把老师都哄住了。"

"我再不肯去学校了,我跟家里人说我要到上海去考模特,我腿长着呢,而且吃死都不长肉。上海不是有个名模叫路易的,就是怎么也吃不胖的,现在都到香港凤凰台当VJ了。他们老脑筋呢,不肯答应。我蹲在阳台栏杆上,叫他们选择Yes or No。"

"哈,上海,我来了!运气实在太好啦,阿姨的房子正好空出来!"

米戈先到站,琼耳还要坐下去,她报名了一个汽车模特的比赛,今天是正式比赛。

"好好念书喔,男生和女生不一样,腿长没有用,还要有脑子。"琼耳又拍拍米戈的肩膀,很姐姐式的。

5

米戈耳朵里灌满了琼耳的故事,他从没听过一个女孩对他讲过那么多话,他有点消化不良,心情潮乎乎的。自己的运气比琼耳好不到哪里去,甚至还要差。她算是彻底解套了,他呢,那么弱那么衰,身边时时有什么在威胁着他,不让他安

宁。

几个宽大的影子围上来了。

"排骨,穿了双新鞋子么?脱下来,让我先过过瘾!"卢克只伸出一个小拇指,轻飘飘地点点米戈的脚。

米戈的双脚交错盘起来。

"不想让我们快活啦?"刘冰拔手指玩,一节一节拔过去,可笑地摆出一副黑道的派头。这帮家伙都喜欢看黑帮片。

"我特别特别想——"卢克故意毛着喉咙。

"怎么办?"比米戈矮一个半头的简杰和谷耒赶着给卢克老大抬轿子。

"用拳头把他揍扁了,敲松了,蘸点面包粉,油炸吃了!"

"你还是把脚上两只小舢板交给我们吧。"几个人在空中炫耀着拳头,呼呼生风,擦着米戈脸颊而过。

米戈慢慢弯下腰,观察到谷耒和刘冰之间有个狭长的空当,足够他薄片一样的身体钻出去。

他只来得及蹿过去小半个身体,谷耒和刘冰"两扇门"一

关,卢克一跃而起,骑到了米戈背上。

简杰一扳一扳,米戈的两只鞋子就给除下来了。四个家伙全笑了,为他们绝妙的配合。

卢克一使眼色,最矮的谷耒一弯腰,撅起了他的大屁股。

昨天晚报巴克利那张经典照片在米戈眼前一闪而过,他们真会现学现用啊。

他开始挣扎反抗,换来一串暴风雨般的拳头。

比肉体的疼痛更让这个纸片一样单薄的男孩害怕的是一种担心,担心随时会降临的他意想不出的羞辱。

"抬高,抬高!"卢克吆喝着谷耒,一边和简杰一起把米戈的手牢牢反剪。

他的脸离那个幸灾乐祸地抖动着的大屁股越来越近。

"米戈,踢他们!"

卢克的手松了一松,"啊呦,哪来的仙女姐姐?"

米戈的头抬了一抬,一片玫红从不远处的台阶上飞速飘来。随即他的膝弯马上被卢克的膝盖死死顶住。

因为比赛结束得早,琼耳脑子里突然跳出了一个念头,去看看前一个同桌念念不忘的天堂校园,而附中正好包裹在H大开阔的校园里,只要考进这里,等于一只脚跨进了H大。

当琼耳的一只脚踏进H大,天堂却呈现给了她这样一幕。

"张嘴,咬他,咬掉他的大肥肉!"琼耳的声音更近了。

米戈的额头狠狠地撞在了两片手掌上,是谷耒害怕了,用手护住了自己的屁股。

他们一哄而散,米戈穿着袜子坐在那里,感觉到琼耳细长的手指拨落他头上的泥土,"没事了!"她用手臂围住了男孩的肩膀,"你看,他也怕你咬他!"

米戈的脸涨红了,他一把推开琼耳,摇晃着站起来,捡起鞋子,头也不回地跑了。

"亏得她没有来,这里也不是天堂啊!"身后,琼耳的话飘进了米戈的耳朵,甩也甩不掉。

6

没想到琼耳很快搬走了,她得了那次比赛的季军,马上跟公司签了约,另外安排地方住了。临走,她送给妈妈的食物,塞满了米戈家的冰箱。老妈惊得眼睛发直,"你一个人,抵得上我们一家人!"

"呵呵,这有什么奇怪,你们一天吃了三顿就OK,我是从早到晚嘴巴不停的。呵呵,我胃口好得要死,别的模特都羡慕死我了!"琼耳得意得要命。

"凸凸怎么办?"老妈问她。

"它爱上了一只漂亮的狮子犬,我让它招女婿去了!"

米戈送琼耳到外边,想单独向她解释那天他为什么粗鲁地对待她的好意安慰。可他张张嘴巴,还是没出声。

他能告诉她当时耳朵轰鸣,认定琼耳肯定看到了自己最后根本没有张嘴,像个十足的胆小鬼,去贴谷耒的屁股。在她面前,他真是糗大了!

琼耳盯着米戈,眼睛闪闪发光,"你是一个特别好心的男孩子。以我比你大几岁的经历,有几句话想送给你。你要觉得

有用就收着,没用就扔掉。记住,内心的强壮比肉体更重要。还有,人最害怕的其实不是敌人,而是自己!"

她捏捏米戈皮包骨头的肩胛,"快点强壮起来吧!"

琼耳上了车,挥挥手,不带走一片云彩。

琼耳走了以后,米戈一点也不为她担心,他一直觉得,以这个姐姐两条颀长颀长的长腿,还有一往无前的笑容,她肯定会在她远大的前程里越走越快,越做越好。

可是有一天,卢克招手让他过去,这家伙装作咬耳朵的样子,分贝却大得全世界都听得见——

"我看见你的仙女姐姐了,哈,现在她胖得像头猪,一头猪!"

他拉长脸颊上的肉,做了一个猪脸,拔尖喉咙叫:"我是米戈的偶像耶!"

他的几个随从全部"呕——",做出恶心得不得了的样子。

"瞎讲!"米戈声音不高,可是很不屑。

"你们俩真是绝配!我把你们煮在一锅里吧!"卢克响亮

地咽了一记口水。

"老大,什么菜?"三个跟屁虫一齐问。

"猪肉炖粉条!"

全班爆笑,因为米戈正好穿着一套灰白的薄绒衫,松松垮垮的,除非定做的衣服,不然他穿什么都显宽大,袖管裤管却太短。

"踢他们!"米戈耳边突然再一次响起那个熟悉的叫声,他突然有了冲动。不假思索,一脚扫了出去……

局面倒了个个儿,摁倒的那个向被摁倒在底下的鼻青眼肿的那个求饶:"I服了You!"

米戈翻身坐起,他们四个节节后退,谁都记不得了,多少次他被放倒了,紧接着跳起来,放倒了跳,再放倒再跳,卢克他们手心发软,膝盖发抖。

那个单薄的对手哪是什么粉条,简直是一条百折不挠的钢片!

"说!"米戈呸了一口带血的唾沫,"她在哪里?"这个举动浪漫到酷毙,不少女生流下了眼泪,还有口水。

"甲状腺亢进?"老妈在电话那头叫起来,"怪不得她整天往肚子里塞那么多东西,而且光吃不长肉。"

市第六医院的内科病区,米戈向值班护士打听:"方琼耳……"护士一抬头,手一指,"喏,就是她!"米戈看见一个人影一闪,圆滚滚的,像罗马柱。

他飞快地撵上去,走廊尽头的一扇病房门"嘭"关了。

米戈推了推,感觉有个人死死顶着。

米戈趴在门上,气喘吁吁地说:"琼耳姐姐,我不怕自己了,真的,你也不要怕,你会好的!"

7

有一天,这是很久以后的一天了。班主任交给米戈一份快件,来自北京的快件。

班主任的眼神疑疑惑惑的,米戈研究着硬卡纸信封,也是疑疑惑惑的,他不记得自己在北京有什么朋友或者熟人。

班主任一走,大家就呼啦围上来了,怂恿米戈快拆快

拆,连卢克他们也在后面探头探脑。米戈拆开来,是一张刻录好的光盘。

男孩的心怦怦地跳起来,手指有些发抖,把那张光盘放进机房某台机子的DVD-ROM,光盘轻快地滑进去,屏幕开始放亮——

"仙女姐姐!"有人忍不住叫,是卢克。

长裙飘飘、齐腰长发的琼耳看上去真是美不胜收。

坐在琼耳对面的那个,很快有女生认出了那是著名的谈话节目主持人,她在访问新的超模方琼耳——

"我对你一举成名的那场时装秀记忆犹新,当时你穿着漆皮鞋走出来,突然被绊倒了,真是一个狗啃泥。可是两秒钟以后,你微笑着站起来,全场都响起了掌声。我想知道是什么让你在两千五百个观众面前重新站起来?"

"生过一场病,不重,可对一个模特来说,却是致命的。"琼耳慢慢地回答,"我必须不停地吃激素来控制甲状腺亢进的症状,身体吹皮球一样庞大起来。我害怕得要死,每天照镜子的时候,我都不肯承认里面的那个人是自己。在我勇气

消失殆尽的时候,有个男孩冲过来对我喊:'我不害怕自己了,你也不要怕!'"

"谢谢你,米戈!"琼耳转头面向镜头,一字一句清晰地说,"我的美丽现在已经变得很牢固了,因为它在我里面,谁也夺不走了!"

"元旦快到了吧,祝你生日快乐,一年比一年强壮!你瞧,什么样的奇迹不会发生?你会成为一个了不起的男人!"琼耳把顾长的手指摁在嘴唇上,送出了一个吻,一个响亮的吻。

机房里,所有的人都鼓起掌来。

米戈晕眩了,不知是因为那个吻,还是他这辈子从来没有得到过的这样热烈的掌声。我爱你,仙女姐姐,一起加油哦!

熏衣草 一直在等待

1

方下巴的古古安是被一阵花香裹挟着落在米戈家落地窗台前的女孩。

就是客厅的落地窗台上的那株熏衣草,是客人落在老爸出租车上的一小包花子儿,老爸带回来顺手搁在茶几上,老妈以为是新疆产的喷喷香的小瓜子,拆开来磕了一粒。"啊——呸!"她舌尖一弹,那颗小小的花子儿在空中划了一道光滑的弧线,悄悄在窗台上的一个花盆里驻扎了下来。

很可能是被嗑开了一条缝的缘故吧,这家伙就此疯长起来,嗖嗖嗖蹿到一公尺,整个植株坚硬庞大,开出一簇簇紫得触目的长茎花穗,发出一阵阵微微辛辣但很受用的香味。

米戈闻起来像木刨花的味道,很爽快,一点也不扭捏,很

男人的风格。

那天米戈坐在紫色花丛边,鼻子顺时针逆时针团团转,陶醉得像一只春风里偷吃了太多蜂蜜的熊。眼皮一抬,一个压得扁扁的鼻尖就在距离他几厘米的地方,后面是一双痴迷的灰蓝眼珠,透过落地玻璃窗长驱直入。

米戈从来没有过保持一分钟以上的勇气持续盯着一个女生看,这回可是破了纪录。那个女孩对他浑然不觉,眼睛像被这株挂满紫色花穗的植物牢牢拴住了,其他东西一概视而不见。

真是个"花痴"喔。

难道是电影里的事情降落到身边?米戈刚看完一个陈慧琳演的碟片,有一天她发现蜷缩在熏衣草边的天使,是在一个下雨的夜晚,掉到陈慧琳家天台上的金城武,英俊得一塌糊涂。不过当时他衣衫不整,还沾了一脸白粉。

"钉"在玻璃窗外的"花痴"也有一点狼狈,乱蓬蓬的短发,看上去意志坚定的方下巴,军绿的背心软塌塌的棉布裙子都灰扑扑的,赤脚,运动跑鞋只当拖鞋穿,露出瘦瘦的脚后跟。

"进来看花吧!"米戈想推窗直截了当邀请,他看清女孩背后没有翅膀,只有一个小山一样的巨型背包。

"再不来吃饭,我拿去倒了给狗吃了!"老妈嗓子暴响,一声吆喝好比炸雷,窗外影子一闪,倏忽消失。

米戈随便夹了一点菜端着饭碗赶快跑到窗口,揉揉眼睛,"奇怪,"他自言自语,"'花痴'不见了!"

"你才花痴!"老妈骂,"被紫花勾了魂啦,看我不把它连根拔了!"说着狠狠拉拢了窗帘,把熏衣草晾在窗帘外边。

"不要!"米戈吓得逃回餐桌,乖乖扒完了最后一口米饭。

夜里,躺在客厅沙发床上的米戈有种奇怪的感觉挥之不去,好像窗帘背后那道目光,紫色小鱼一样在叶丛和花瓣里游来游去,整晚恋恋不舍,不忍离去。

米戈在木刨花的香味里上上下下漂浮了一阵,慢慢坠入了梦的底部。

清早,老妈从拉开窗帘的一瞬间,眼睛就像掉进了沙子一样不停不停地眨,"哦,天呀,天呀……"她闹钟一样连续鸣

叫,米戈不得不直起身看窗外。

哈,正对着窗台位置的草坪,冒出一顶小小的灰白色帐篷,几个小孩绕着帐篷兜圈子,欢叫着:"蒙古包,蒙古包!"

"蒙古包"里钻出一个乱蓬蓬的脑袋,米戈的裤子套到一半,忽然傻了……

不就是昨天那个死死"钉"在熏衣草前的"花痴"么?

2

老妈一阵风刮出去,一阵风刮回来,牵回来一个人,嘴巴的问题像鱼泡泡一个接一个冒出来——

小姑娘,你从哪里来,没钱住旅馆啊?

啧啧,你怎么敢一个人露宿?还好昨天晚上没碰到坏人。

快点告诉我你家里电话,我让你爸妈来接你。

呵呵,老妈的脾气是大了点,不过心肠是火热火热的。

方下巴的女生像没听见,把小山一样的背包往地板上重重

一扔,飞快地滑到窗台边上扯下两片叶子揉搓着,挤出一些油来,放在鼻子下面贪婪地深吸一口气,"喔,又闻到了,好想你啊!"

米戈眯缝起眼睛,明晃晃的夏日阳光直射进落地玻璃窗里,窗前的这个女孩,被圆锥形的光晕通体笼罩着。

"你是谁?来这里干什么?"米戈的印象里,天使之类的人物降落凡间,总是负有某种神秘使命的。

然后他使劲盯着她后背看,那里平坦得一览无余,难道这个昨晚露宿的天使有一对可以折叠得天衣无缝、不占丁点儿大地方的迷你翅膀?

"哦,"她这才像从梦游中苏醒过来,脆脆地回答,"我叫古古安!昨天傍晚我刚到这个城市,直接坐11路车到小南门车站。蜘蛛网似的弄堂把我迷住了,我在里面转来转去,欢喜得晕头转向。后来,后来,不知从哪里蹿出一股气味,我像被一只手掌揪住领子,一抓抓到这个窗台前,再也动弹不了,挪不开脚步啦……"

古古安看着米戈和他的妈妈,灰蓝色的眼珠转呀转,唇

边就荡漾开去一波接一波清澈的微笑,她站在那株从上到下坠满花穗的植物旁边,微笑也给晕染成浅紫色的了。米戈微微眩晕,不知道自己哪来的一种感觉,古古安似乎和熏衣草是浑然一色的。

"本来我以为在这样的大城市里,别指望找到一株真正的熏衣草,有的也是加工成干花或者精油什么的,封死在袋子里还有瓶子里!"古古安心满意足地伸个懒腰,一点也不拘束。

"院子里有的是!"妈妈得意洋洋一推门,里墙的角落里,一块紫花毯开得正鲜。那包花子儿等了很久都没有失主来领,老妈在第一株疯长的熏衣草的鼓励下,一鼓作气把一袋子花子儿全撒在了院子里,它们在七月的阳光里接二连三地开花,连绵成明丽得叫人心花怒放的一片亮紫。

"哈!"古古安纵身跳下台阶,低低欢呼一声,"原来你们都在这里等我啊!"

古古安拔起第一株熏衣草时,米戈母子俩愣了一下。没等他们反应过来,古古安头也不抬,一株接一株的熏衣草在她的辣手辣脚下接二连三被连根拔起。

"哎,哎!"米戈结结巴巴阻止。

"你干什么!"老妈心疼地叫,古古安脚底下已经堆起一堆浅紫的熏衣草。她居然还笑得出口,若无其事地说,"再忍一会儿就好。"

"统统拔光你才高兴么?"老妈扑过去紧紧抓住她手臂,亲自捍卫播下的种子。

古古安叹气了,"唉,你种得太密了,它们挤挤挨挨在一起,花开得一点力气也没有。看看,比比屋子里的那一棵,紫得闪闪发光,这些,棉布一样的紫,很旧很暗的。"

老妈开始眨眼睛,"啊呀,有道理,有道理!"

"当然,"古古安说,"知道我打哪里来吧?澳洲的墨尔本,我爸爸妈妈在农场里专门种一大片熏衣草呢。呵呵,我绝对是专业选手!"

"现在,"古古安方下巴一扬,发布命令,"给我一小团细绳子。"

老妈跟着下巴也一扬,米戈飞快地回屋找去了。

古古安甩了鞋子,赤脚站在院子里,一头咬着绳子,一边

手脚不停熟练地分株捆扎,再把一束束熏衣草倒挂在院墙的四周,动作纯熟,一气呵成,眼花缭乱,煞是好看。

"熏衣草晒成干花以后,香味反倒会更浓更持久。"古古安解释道。

七月炎夏,阳光把花瓣烤得嗞嗞冒油,穗状花束迅速干缩,颜色很快转成灰紫。古古安摘下两束,自己一束,妈妈一束:"来,我们享受享受吧!"说着,她像芬兰人在蒸汽浴房中用桦树枝拍打前胸后背那样,噼里啪啦敲打着全身,一股淡淡的清香弥漫开来了。

老妈眉开眼笑,依样画葫芦,跟着噼噼啪啪尽情"熏衣"。一下一下,本来很安静的香气一下变得动感,到了古古安那里,更是一团婀娜多姿的紫色火焰了。

拍累了,古古安又撕了一堆花瓣,变魔术一样,从她那个超大的背包里依次掏出一只透明水壶,一盒方糖,还有一小罐茶叶,分别取了一些丢在茶壶里,沉着手腕,以均匀的速度笔直地冲入沸水,皱巴巴的花瓣沸沸扬扬舒展开了,像荡秋千的紫衫少女。水壶的盖子翻转来,变成了三只大大小小依次叠加

的椭圆杯子,古古安斟了三杯漂亮的茶,轻盈地摆了一个请的姿势。

老妈端着透明的绛紫色的熏衣草茶,一小口一小口地抿。米戈没有动,咕哝了一句,"你包里还有什么宝贝?"

古古安微微一笑,大大方方让米戈参观,泡茶的那个东东是组合式多功能水壶,还有杜邦棉的睡袋、充气睡垫、指北针、地图、伸缩自如的手杖,一套拉链纵横的服装,一层层递减,囊括了从羽绒衣到短袖衫的全部功能。

"天!"米戈和老妈都目瞪口呆,古古安差不多把一个家都背在身上了。

"我是不折不扣的背包客!"古古安骄傲地大声宣布,"把所有生活必需品装在一个背包里,花很少的钱观光游览,尽量不乘车,少住旅店,徒步跋涉城镇、牧场、沙漠和海滩。这次到中国来,还是我帮工摘了一个季节的樱桃赚来的钱!"

喝完茶,米戈自告奋勇送古古安到老船长旅馆,城里唯一的一家背包客之家。"等一下!"古古安跑去窗台上,拍拍那株高高的紫色熏衣草,恋恋不舍地说,"我会再来看你的!"

　　这边米戈把古古安的大包移到自己的双肩。"真的要送我?"古古安微微一笑,"我可是要走着去的!"

　　"没问题!"米戈挺直身体,顿时有一座小山压下来,才出门口,就像狗一样喘气。老妈在后面叫,"五六站路呢,还是我把他老爸叫回来,用车送!"

　　"不用,小Case!"古古安轻松地挥挥一束刚刚晒干的熏衣草,"再见!"

　　刚出老妈的视线,"还是我来吧!"古古安上来拍拍蜗牛一样爬呀爬的米戈。

　　米戈涨红着脸,空着手不自在地和古古安并肩走着。

　　"起码有几十公斤吧?"米戈像是自言自语,"背包客都那么能背东西么?"

　　"当然!"古古安悠闲地跨着步子,突然,她灵巧地转身,"要我告诉你秘密么?因为背包客是把心里顾虑和重担统统放下的人,你看看路上那些人!"古古安目光炯炯,手里的熏衣草指点着四周,"他们有哪一个比我身上背得多?可是,他们又有哪一个的脚步比我轻松?"

3

走进老船长旅馆高高的大厅,到处是小山一样的大包。管理员瞄了几眼他们,古古安和米戈咬耳朵:"要是你穿短袖打领带,像个成功青年,她会毫不犹豫告诉你,'这里没有床位了!'"

古古安交了钱,领了两把钥匙:一把房间一把保险柜。房间在最高的六楼,他们沿着圆弧形的楼梯拾阶而上,米戈跑在前面,一会儿觉得后边没了声音。他低头,看见古古安像被什么吸住了,怔怔立在三楼的楼梯拐角,露出和昨天窗台前一模一样的神情,痴呆得让人有点没由来的心疼。

"听,"她倒吸一口气,指指走廊的那一头,"那是什么歌?"

一个泪珠般透明的女声轻轻唱着——

那是一个秋天/风儿那么缠绵/让我想起他们那双无助的眼/就在那美丽风景相伴的地方/我听到一声巨响震彻山谷/就是那个秋天/再看不到爸爸的脸/他用他的双肩托起我重生的起点/黑暗中泪水沾满了双眼/你不要离开/

不要伤害……

米戈飞快下楼,"不要动,"古古安仰起脸,哀求地说,"不要发声音好不好,让我听完,听完……"

歌声继续流淌——

我看到了爸爸妈妈就这么走远/留下我在这陌生的人世间/不知道未来还会有什么风险/我想要紧紧抓住她的手/妈妈告诉我希望还会有……

慢慢,慢慢,米戈看见,泪水一点点蓄满古古安的眼眶,"她是谁?她怎么好像要把我的灵魂也吸走了!"

"韩红。"米戈回答她,"她是为一个小男孩写的,他的爸爸妈妈在一次缆车事故里死了,男孩活下来了。现在他是韩红的儿子。"

"哦!"古古安吸吸鼻子,用熏衣草遮着眼睛,"你只管在前面走好了,我自己会跟上来的!"

"噢!"米戈听话地转身,其实,他早就看见,忧伤的紫色背后,那一闪一闪的泪光。

房门大开着,天花板上悬着绳子,内衣、毛巾和袜子歪

歪扭扭地排成一行。两三个男生从走廊里迎面过来，友好地点头。因为是老房子，房间屋顶很高，显得空间特别大。南北两面墙边依次摆着四张双人床，用床头柜隔开；四个半人高的带锁木柜和一个大衣橱靠在另外两边。房间里唯一的电器是柜子上的电视机，一个日本女孩用熟练的中文提醒古古安，想喝水就从门旁边的热水瓶里倒。

"很干净！"古古安拍拍床单，摊开自己的睡袋，看上去满意极了，"北京的青年旅馆太脏，一层楼的人合用一个水龙头！德国的青年旅馆没有床单和枕套，泰国的青年旅馆连热水都不供应！"

她很快和那个叫京津子的日本女孩聊得热火朝天，呵呵，她俩名字挺对称。

京津子兴奋地说，"你应该去洽川，那里的水面一点都不冷，水面上笼罩着一层雾气，像人间仙境，很美！

古古安用力点头，"是漂亮的地方，鸟好多，种类很多，也很漂亮。我见到了大白鹭、小白鹭、苍鹭、红嘴鹬、野鸭、大雁、啄木鸟，还有翠鸟。从来没有见过那么多的鸟，特

别是鹭,真的很优雅,无论是飞翔还是觅食、伫立,都美不胜收。"

京津子开心地拥抱古古安,"太好了,你也去过!"

米戈听着两个比他大不了多少的女生嘴里机关枪一样扫射出一串接一串世界各地的地名。他一个人在那儿扳着手指叹气,念念有词,"我去过的地方用一只手就可以数出来了!"

古古安马上借花献佛,双手把熏衣草递给京津子,"这是米戈种的花!"

京津子跳过来又拥抱米戈:"太美了,我正好没有男朋友!"

米戈恨不得钻进旁边的大橱柜。

"喔,"京津子马上捂住嘴巴,"这位先生不知道熏衣草的花语就是'等待'么?每个种植熏衣草的人,都是在用心等待自己深爱的人啊!我就是用期待的心在等待我的爱情,所以,"京津子深深鞠躬,"谢谢你们送我的花。"

"下一站我打算到元阳去看梯田,请问古古安小姐的计划?"

"我、我不知道！"古古安慢慢转着手里的熏衣草，"我是跟着它一路走的！"

"哇，熏衣草的紫色之旅！"京津子很羡慕地叫，"你太有灵感了，那你有没有去过我们北海道的富良野？"

"我刚从那里来，坐着叫'熏衣草花田驶'的专门火车，那里的紫花满坑满谷，一大片一大片紫色的熏衣草铺盖在富良野的斜坡上,波浪一样起伏不休。我站在紫色原野里，想着熏衣草经历紫色的每一个阶段，从眼前的明亮灿烂到温和淡雅的开花中期到干花那带一点点灰调的有点颓废的色调，每个阶段的紫都是那么美，有时炫目得让我喘不过气来，有时又让我只想大哭一场。"

京津子很有同感地点头，"比起法国的普罗旺斯，北海道的熏衣草可是开得寂寞多了。"

"我一直在找一片更寂寞的熏衣草田，越寂寞的熏衣草越美，全心全意的孤独，那样的等待最深切吧？就像我昨天看到米戈放在窗台上的一株熏衣草，被它孤单又坚定的样子深深打动了，傻傻看了一个晚上。"

"呵呵,我倒特别想到法国去。读了M.F.K.Fisher的《普罗旺斯的两个小镇》,我发誓有了钱,一定去海边把皮肤晒成巧克力色,头发晒成金黄,眼珠晒成两个穿灰衣、会跳舞的小人儿。"京津子一脸热烈地向往。

"给我一本伟大的游记,我就能把屁股挪到地球的另一端去!"古古安清亮地笑起来。

听两个背包女生聊天,米戈一语不发,他也插不进嘴去。她们不同于他身边的任何一个女生,她们自由、活泼、勇敢,随时随地准备奔赴梦想的地方。

米戈告别的时候,古古安一鞠躬,"拜托,能不能帮我找到那首歌的CD?我会发E-mail问你的!"古古安挥挥她那个可以发电子邮件的诺基亚手机。

4

"你们知道中国哪里有一大片的熏衣草田呢?"晚饭时,米戈忍不住问爸妈。

"这个问题我知道!"老妈很有知识的样子,"喏,我们

家院子！呵呵，我看你是被古古安花住了！"

"妈！"米戈很恼火。

"我看那个姑娘搞不好就是熏衣草变的呢，喝她泡的茶，香得人有点恍恍惚惚的！"

"你可以叫你的朋友到新疆的伊犁河谷去。现在去正好，伊犁河谷到处是绛紫色的熏衣草的花朵，香。"老爸慢吞吞地开口。

"你怎么知道？"老妈和米戈异口同声。

"我以前有个同学是从新疆生产建设兵团农4师来的。"老爸翻出来一个简陋的熏衣草标本，"喏，中学毕业时她送给我的纪念品。"米戈用力嗅嗅，真是神奇呀，紫色变得那么淡了，香气反而更浓了。也许，这就叫做回忆吧。

"是男同学还是女同学？"老妈开始不罢休地追问……

"我知道那个地方了，开满熏衣草！"米戈兴冲冲打电话给古古安。

"我知道！"她好像在很闹的快餐厅里，声音很模糊，

"在新疆。"

"那你去不去?"

"不知道。"

"为什么?"

"因为我有点害怕。"

"怕什么?"

"那首歌找到了么?"古古安转移了一个话题。

"嗯!"

"那我来拿!"

古古安上门来取韩红的碟片《天亮了》,穿着灰紫的T恤,就像老爸的那片植物标本的颜色。

"现在就放给我听听。"古古安席地坐下,打着哈欠。

"没睡好?"

"对喔,还不如前天晚上睡在帐篷里踏实呢,老觉得床铺在摇。"

"咦?"米戈很惊讶。

"是上铺那个家伙听摇滚乐。"

电视在播午间新闻,米戈把音量调低,音箱里开始放歌,泪滴一样晶莹的声音——

这是一个夜晚/天上宿星点点/我在梦里看见我的妈妈/一个人在世上要学会坚强/你不要离开/不要伤害……

古古安怕冷一样,抱着双肩,又弱又脆的样子,和昨天那个背着小山一样背包特立独行的女生判若两人。

她突然跳起来,跑过去调高电视的音量,韩红的歌声这下成了播音员的背景音乐,正帮古古安倒可乐的米戈耳朵里刮到了几句——

昨晚中午新疆发生里氏6.2级地震,截至今天中午,共有一百多人伤亡,倒塌房屋一千多处……

米戈转身,看见一个新疆少年在废墟前诉说着,他看看古古安,暗暗一惊,何其相似的灰蓝眼睛。古古安奔到电话机边,手忙脚乱地掏出一长条票子,拨号以后说:"我想退掉一张机票,要本人亲自来么?好,我马上来。"

她放下电话,一蹬跑鞋就跑。等米戈发现她落在电话机旁的一张飞往新疆乌鲁木齐的机票时,古古安早就无影无踪了。

电话响了,"米戈!"古古安十万火急的声音,"那张机票……"

"我马上给你送来!"

"来不及了,我正好买到航空公司这周最后一张飞往澳洲的特惠机票,现在就要赶往浦东机场。"

"你不打算去伊犁河谷了?"

古古安呼吸急促起来,米戈的话好像触到了她的痛处,"不要说了,我改变主意了!"

"你到这里来难道不是为了看那片最寂寞的熏衣草田?"

"难道你要我第二次经历那种天崩地裂、生离死别?"古古安的声音高得要断了一样。

"第、第二次?"米戈结结巴巴。

"对、对不起,我打电话给你是拜托一件事,那张机票我已经和航空公司说好了,就委托你给我退掉,退回的钱就、就麻烦你寄到那个地震的地方去。"

"为什么那样做?"

"过十分钟打开电脑,我会把一切讲给你听!"

一刻钟以后,米戈的邮箱里开始源源不断有新邮件显示,全部来自古古安——

米戈,我好心的新朋友,现在我在去往浦东的机场巴士上。我是胆小鬼,虽然无数次梦里我靠近了那片熏衣草田,可是我还是逃了,逃了……

你一定想知道,我和熏衣草的故事吧?

我叫古古安,三岁以前,我叫塔吉古丽,是维吾尔族小姑娘,对,妈妈每天都不厌其烦地把我打扮成梳无数根小辫子的漂亮小精灵。

我们住在伊犁河谷,那里除了从天而降的雨水,还有天山的积雪,还有河的上空那大朵大朵飘浮着的温湿的云——它们随时准备摇身变为水。山喂养了树,蓝天结出了白云,而雨水的杰作就是绿草、羊群、人烟和遍地鲜艳夺目的鲜花,最夺目的就是那一片绚烂的熏衣草田。我一出生,就呼吸着熏衣草的气息。

那些模糊而美丽的日子被一场意外的灾难深深埋葬

了。

　　我有清晰记忆的日子是和一个姐姐一个弟弟在墨尔本的一家农庄里一起长大的生活。爸爸妈妈都很爱我,妈妈每天给我们用熏衣草熏衣、泡茶、沐浴,我一天一天在紫色的清香里长大。有一天,翻照片的时候,我发现我和家里所有的人都长得不一样,我头发的颜色是黑色,他们都是亚金色的,我的眼珠是灰蓝的,他们是琥珀色的。特别是,他们任何一个人的鼻子都耸得比我高。

　　我去问我的爸妈"Why",他们交给我一个绸缎的熏衣草香袋,诚实地告诉了我一切。我是被领养的,我的爸妈都死于一场地震。

　　"我们是读了这段转载在澳洲日报上的新闻,在那一刻爱上你,提交申请,不远万里到中国去领养你,因为你是少数民族,我们还费了很大的周折。我们坚持不懈申请了两年,他们终于被我们感动。"爸爸亚肯说,"现在,我们把你的过去统统交还给你。"

发黄的剪报上,一个小女孩梳着无数条小辫子,正津津有味地把玩着脖子上的小香袋。我一边读文章一边把指甲咬得鲜血淋漓。我知道了那场地震里,我亲生的爸爸妈妈脊梁骨全被压断压碎,可是他们居然用这样的身躯撑起几吨重的水泥板,硬是为小小的我留出了重生的空间。

我再也不能平静地面对墨尔本一望无垠的紫色原野,遥远的熏衣草田在呼唤着我。我休学做了背包一族。澳洲是背包族的天堂,空气宜人,哪里都有简朴舒适的青年旅馆。我锻炼了一年,告别父母到国外旅游,我去了法国,到了日本,在异乡大片的熏衣草田间,大口呼吸那种清冽又神秘的气息,它们总是强劲地吸引着我。

奇怪的是,我一直忍着,拼命忍着,不敢靠近那片花田,那片一望无垠的等待,我生命开始的地方。我徘徊在法国的日本的紫色花田里,泪流满面地喊着爸爸喊着妈妈,你们等着我,等着我,我一定会来看你们。

或许,我的内心还是不够强壮吧?我怕自己会在那里心痛得受不了。

我终于踏上祖国的土地,米戈,我在你家窗台那株熏衣草外守了一夜,我觉得它就是我,一直在窗台守望,不敢跨出去一步。

天亮了,我好像想清楚了一个道理,爸爸妈妈永远只能驻扎在那里,化作千万株等待的熏衣草。而我,是能够一步步靠近他们的。

好了,快上机了,这次我还是当了逃兵,在最后的一刹那。我害怕再听到那个字眼,这次,没有谁再能为我撑起生的空间了……

好了,快上机了。米戈,拜托,一定完成我的小小心意!

古古安

5

米戈盯着窗台上那株孤独的熏衣草发呆,他想:如果它真

的跨出去一步，又会怎样呢？

半个小时以后，电话响了，米戈已经绑好鞋带，准备出门给古古安退票，正犹豫着要不要接，这时，他看见窗台上的那株熏衣草在簌簌颤抖。

米戈鞋子也不脱了，飞奔过去捞起电话。

果然是古古安，"给你一分钟，"她的话简洁得像打电报，"把那首歌再放一遍给我听！"

米戈手忙脚乱放片子，把话筒贴近音箱——

我看到爸爸妈妈就这么走远/留下我在这陌生的人世间/我愿为他建造一个美丽的花园/我想要紧紧抓住她的手/妈妈告诉我希望还会有/看到太阳出来/天亮了……

"谢谢米戈，我想我再也不用任性地躲避，这次我要和爸爸妈妈相见了……"

一阵巨大的呼啸，几乎要把米戈卷进电话那头的声浪，然后，世界陷入静止。

米戈跌跌撞撞扑向电话，打翻了一罐拉开的可乐。他查询航班号，打到机场值班室，忙音，一直忙音、忙音、忙音……

米戈好像什么都不能做了，一遍遍摁那八个数字，直到手指酸到断掉。他抹了一把脸，坐到窗台上，把脸贴在那株紫色的熏衣草边，它好像很安静，很安静。

"古古安，你一定没事的！爸爸妈妈一直等着呢，在那片熏衣草田里，等着你鲜活美丽地去看他们！"

一小时以后，网上有了反应，古古安的航班因为起落架出现了问题，在空中盘旋了半个多小时，现在安全着陆，全体乘客平安无事。

米戈悬在喉咙口的心，也在一秒钟里安全回归原位。

他笑着喘着气拨了古古安的电话，"还好吧？"

"哇！"古古安在那头哭起来。

"你还在机场吧？"米戈的眼泪也冲出来，大概很久没哭的缘故吧，又粗又重，以加速度冲到下巴，又飞快地落到胸口。

"喔！"

"等着，我马上过来看你！"

6

古古安坐在机场候车室的咖啡吧里,换了一件黛紫色的直身连衣裙,头发湿漉漉的,"他们安排我们到机场宾馆休整了一下。"

"没事了吧?"

"没事了。"她浅浅地微笑着摇头,方下巴也变得柔和。

米戈长长舒了一口气,眼睛定格在一样东西上面,古古安脖子里一个绛紫的小小香袋,跟着胸口的呼吸深深浅浅地起伏着。

古古安低头摁了摁香袋,"米戈,我见到妈妈了,就在飞机强迫降落飞速下坠的过程里,我以为自己快要死了。我抓着它,拼命呼吸,这时,我清清楚楚地听见一个微弱的声音——宝贝醒醒,醒醒宝贝,宝贝醒醒,醒醒宝贝……一个被压得很深很深的记忆一刹那翻转上来:空气越来越稀薄,妈妈的声音越来越微弱,只有妈妈怀里熏衣草的香味,越来越浓地萦绕着小小的女孩,像妈妈的手牵着她小小的手,像妈妈的怀抱温

暖地包围着她弱弱的身躯,像妈妈的嘴唇一下一下吻着她的额头……"

古古安端起杯子,凝视着杯沿一个小小的豁口,"我相信十四年以后,是妈妈第二次帮我找到了逃生的豁口!米戈,机票!"

她目光炯炯,摊开手掌,"我不再害怕了!"

机场里的工作人员鼓着掌欢送古古安,她是第一个经历让人心悸的起落架事件后,在不到三个小时的时间里又决定重新起飞的乘客。

米戈一直看着古古安走进停机坪,步伐均匀,走向那一架开往乌鲁木齐的飞机,她将在那里转机到伊犁河谷。

古古安身上的紫衫在七月明亮的阳光里闪闪发光,远方,一片更灿烂的相亲相爱的紫花在等着她,要拥抱她。

熏衣草,一直一直在等待……

当左括号遇到右括号

谁能计算,世界上两个人,有多少的邂逅几率,也不知是0.00000……几?

在这很小很小很小的邂逅几率里,我们互相开口说的第一句话会是什么?

如果是一句妙句,那接下来就是一场电影的开头,这里面,或许有泪也有笑吧?

来,让我们玩一个同城邂逅的游戏吧,就在此刻!

邂逅的N个理由:

·你是一个向往陌生邂逅的家伙

·1996年11月27日投胎人间

·发帖的这一刻,你正好在网上搜索,网络是你我邂逅的新道具

·见面方式：人来人往的百盛门口，咬一根棒棒糖。

（呵呵，如果你是GG，会不会被这最后一条吓退喔？）

米戈正好挂在网上，第一眼看见那个生日，心跳马上活跃，再飞快扫一眼发帖的家伙的名头，叫左括号，签名档更有意思：**数学这个天堂，在很高的地方，我总是够不到。**

他按捺不住，跳将上去响应：报名！报名！第一个报名！

给个理由先？左括号喜出望外。

呵呵，米戈连打无数个笑脸，世界上的右括号万万千，可是和左括号同年同月同日生的右括号的概率又是0.00000……几？不幸，我就是那个右括号！

挤挤挨挨的百盛门口，每天起码制造着几百起邂逅。米戈叼着一根薄荷棒棒糖，傻傻地转来转去。手指捻着那根棍子，时刻准备着，只要对方一出现，就飞快地拉出口塞进废物箱。

棒棒糖是女生装可爱的道具，要不是实在忍不住好奇，米戈才不会这样奋不顾身喔。

　　那个同年同月同日生的左括号,似乎和自己有种神秘的联系似的。左括号、右括号,是不是不小心走失的一对双胞胎?呵呵,叼着棒棒糖,怎么搞得也像女生一样想入非非起来了?

　　后来的日子里米戈一直想,谁也没有想到,就在彼此抬起眼睛,在东张西望的人堆里目光交接的一刹那,两个人的命运就无可挽回地改变了,再也回不去了。

　　那是怎样电闪雷鸣般的一瞥,两颗本来无忧无虑在鼓鼓的腮帮里打着滚的糖球球,在同一秒钟里忽然停止转动。开始是目不转睛的,像被施了魔法一样,眼神定在对方的那张一眼就认定的脸上,呼吸困难,心跳几乎停止。

　　心无缘无故一沉,紧接着是更大的反弹,两个人同时掩住嘴巴,两个人同时抬起拇指指向对方,第一反应:快逃!

　　米戈吐了黏糊糊的糖球球,没了命似的跑、跑。完了完了!他想:怪不得对我的生日一清二楚!

　　跑开去一段了,想想,又有哪里不对劲,米戈立定回头,只看见对方更加仓皇的背影,正朝相反方向跑,头发也披散开了,溜得,比兔子还快。

　　立定的米戈自己觉得有点好笑，可是，更多的是不安，仿佛随即积聚起来的黑压压的乌云，纠结在他心头。他回想着左括号的那张脸，酷像某个极度熟悉又令他从小一直发憷到现在的一个人，只有鬼迷心窍的老爸才会发痴说：她笑起来才好看呢，一只小窝窝爬呀爬呀爬到左边的眼窝底下，就是半个月亮爬上山坡。

　　先回答我问题，你为什么一见我就逃？左括号先沉不住气，在QQ呼叫右括号。

　　要让我那老妈知道我见网友，只有一个字：扁！米戈老老实实回答。

　　好凶，像母夜叉！左括号吐吐舌头，你出来被她发现了？

　　没有。我要说了，你不许生气！

　　保证不生气！

　　你和我妈长得简直一模一样！

　　天呢天呢天呢……左括号准是晕了。

现在轮到你回答我了,其实你逃得比我还快,为什么?轮到米戈解开谜底了。

左括号吞吞吐吐地回答:其实,乍一见你,我差点以为是老爸追来了!

啊!!!!两个人一起惊叫,无数感叹号像炮弹呼啸。

然后是沉默,两个人都被炸蒙了。半晌,左括号再度请求:右括号,再见一面好不好?

"董念念,叫我念念好了!"她套着深咖啡格子的短裙,浅棕色的脸蛋上,一双深深的琥珀色的眼珠,看一眼,就像是要把人整个给吸进去。

"米戈!"他更加简洁。

两人低垂着眼皮,僵硬地握了握手,手心里传递出一种奇怪的温度,好似一半是海水,一半又是火焰。

一双陌生的名字下面,是怎样两张让彼此熟悉到触目惊心的脸啊。

念念带了两根红豆冰来吃,随手分一根给米戈,米戈摇

头，嘿嘿笑着说："我喜欢喝'乐百氏'幸福快车。不过你不要说出去喔，我没告诉过朋友，他们会笑我的，就好像我还叼着奶嘴不肯放一样。"

怎么连这种小隐私都会告诉她？米戈刚说出口，自己也觉得不解。

"我又不认得他们。"念念咯咯笑了两声，咯吱咯吱咬冰棒，动静挺大，一边咬一边说，"真想把脸上的痘痘，也这样一颗一颗地吃掉！"

说完她脸红了，干吗要主动提醒人家自己脸上有痘痘？

两个人东一搭西一搭瞎聊，慌张着害怕着又渴望着什么，一边竭力忍住仔仔细细去观察对方的冲动。

"为什么叫左括号？"米戈努力恢复平常表情。

"我是左撇子！"念念不假思索。

"我妈妈也是！"话一出口，米戈的心一荡，他知道，那个事情的真相，不能回避的真相，正在一点点被挑明。

"她很凶吧？"念念有点艰难地问，"常打你吗？"

"她只是脾气一上来控制不住。不过，每次打了我，她其

实特别特别后悔,晚上偷偷跑到我的沙发床旁边,抚摩我被打的地方。有一次,半夜三更她来亲我的额头。在我的记忆里,这是她第一次亲我。"

"你老妈睡醒什么样?"念念又提出一个好古怪的问题,米戈一时不知所云。

"是不是一只眼睛大,一只眼睛小?"念念启发。

在脑子里仔细搜索了一会儿,米戈一脸惊讶,"呀,你怎么知道的?"

念念的脸色阴下来,接着自顾自说:"喂,你不觉得你的鼻子长得有点邪恶么?"

米戈吓一跳,摸摸自个儿的鼻子,嘟囔着:"什么呀?只是有一点弯吧?"

"反正头一回就吓了我一跳!"念念心有余悸,眼前浮现出一张自负又困惑的男人脸,冲着她们母女低喝,"我们董家的人,有哪一个鼻梁像她这么塌?你说说,她哪有我脸上的一点影子?"说罢,重重摔门而去,再不回家。那只钩子一样的鼻子,生生地割走了父爱,让她的生活从此不再完整。

念念目不转睛看着米戈,艰难地咽了口口水,低沉着声音说:"米戈,我们得求证一点什么,大概,这是世界上最难解的一道数学题了。"

"如果面对面觉得紧张,我们就背靠背,我只要问你一个问题,一个最关键的问题,你一定回答我好不好?"念念提议。

米戈沉默地转过身,两颗心紧紧挨成隔壁的邻居,怦怦、怦怦,像两面小鼓同步敲起来。

"你出生在哪家医院?一、二、三,告诉我——"念念闭起眼睛。

"天利医院!"米戈的答案清清楚楚。

念念的身子簌簌抖起来。"真的吗,真的吗?"她嗓子发涩,"米戈,如果你不想知道那个答案,现在还来得及!"

有一千只饶舌的蜜蜂在米戈耳朵边盘旋,"啊,啊?"他晕晕乎乎的,发出的声音已经像不是自己的了,"难道、难道我们是一对医院抱错的孩子?"

话没全说完,念念哗地转身,一只凉凉的手掌蒙住了男

孩的嘴,他们彼此定定地注视着对方,拿出了十二万分的勇气。

泪水在念念眼眶里团团乱转,"把头低下来,右括号!"她忽然命令。

米戈依言而行。

念念扒开男孩密密的发丛,头顶上有两个旋儿,全部向左。

米戈感觉头顶一阵潮湿,念念的声音蒙着一层雾气,"没错,和他一模一样啊!"

念念沿着地铁站的盲道,闭着眼睛,张开双臂,摇摇晃晃走着。"这么说来,你不是米戈,我也不是董念念。"她迷乱地晃着脑袋,"那我们到底是谁,是谁啊?"

女孩走得歪歪扭扭的,米戈一阵心疼,说不清是为她,还是为自己。他禁不住过去,拉住念念发颤的手心,"你是左括号,我是右括号。"

可是念念伤心地甩开他的手:"如果左括号从来没有遇见

右括号就好了,我情愿做一只单括号,我情愿永远做我的董念念!"

米戈把那只被念念甩开的手慢慢收回,插到口袋里,"我从来不和网友见面。可是实在太巧了,当我发觉自己符合所有和你邂逅的条件时,就再也忍不住了……你说,缘分是什么呀?"

"有生之年,狭路相逢,终不能幸免!"念念吐出一串歌词,此情此景,吻合之极。

"怎么办?"米戈自言自语,"我们怎么办?要不要告诉大人?"

"Keep secret!"念念挤出这么两个单词,每个音节都咬得很重很重。

"不要告诉大人,不要告诉任何人!"念念逼到米戈面前,眼睛灼灼发亮,"我们装作什么都没发生好了!"

"什么!"米戈吃惊,"你就不想看看我妈?"

"没兴趣!"念念斩钉截铁。

"我做不到!"米戈深深吸气,"我想去看看你、你的妈

妈。"

"你就死了这条心吧!"念念简直尖叫起来,"妈妈是我的!"她双手叉腰,俨然万里长城,挡在米戈面前,坚不可摧。

"我躲在一旁偷偷看,保证不让她发觉我!"米戈绕开念念朝前走。

"不要,不要!"念念急得什么也顾不得了,居然扯住米戈露在外面的一截腰带,一只手在包里乱抓乱摸,"我现在就给你看,给你看!"

米戈翻着那本彩色的家庭杂志,手有点发颤,终于,一张温柔的戴着眼镜的妇人的脸一下跳出来,被念念紧紧搂着脖子,旁边,一行橙色的标题——《我亲爱的同居女友》!

米戈倚靠着地铁站的廊柱上,恍恍惚惚,一目十行地读着——

……在从医院回家的路上,爸爸指着襁褓中还没睁开眼睛的我说:"只有你妈才要你!"他好失落,妈妈怀孕时做过检查是儿子,出来的结果却是个黄毛丫头。

可怜的妈妈，生下一个女儿成了她一生无法修改的错误，不断在爸爸那里在奶奶那里受气。她只能抱着我哭：念念，你一定要争气呀，给他们看看，女儿一点也不比男孩差！

我很听话很听话，我拼命读书。中考的时候，妈妈为了专心照顾我，休了长病假。

……两年前，我生了一场病，需要输血，妈妈自己是严重贫血，只好求爸爸给我输血。爸爸验完了血，黑着脸回来了……

我出院回家，家里没了爸爸的踪影。爸爸和妈妈离婚了。

我挨着妈妈的脸，轻轻地说，"妈，没什么的。我来做你的同居女友。"我感觉到妈妈冰凉的泪滴在我的脸上，嘴巴却咧开来笑着，"这样也好，谁也不能把你和妈分开了！"

我高二了，功课多得要命，妈妈的厂里却催她回去上班，妈妈居然放弃了总厂会计的职务，自动选择下

岗。她只说,"念念,等你考取了大学,等你有了自己的独立生活,妈妈再去寻找自己的生活,也还来得及!"

嘿嘿,其实,我早就下定一百年不会动摇的决心,这一辈子,就和亲爱的妈妈同居到底!

他们看着对方,谁都不说话,心跳得厉害。

"我是妈妈的全部支撑,妈妈没我活不了!"念念用拇指的指腹轻轻摸着那张月亮般温柔的妇人的脸,"妈妈身体特别不好,我就担心她撑不住!爸爸为了我已经离开了她,我要是再离开她……"她哽咽了一下,虚张声势地换一种凶巴巴的口气,"总之,我们谁也离不开谁了,你别想第三者插足!"

米戈有些心酸,又有点心乱,他无力地靠在廊柱上,喃喃说,"好吧,好吧!"

"那你和我拉钩,不许反悔!"念念伸出了左手的小拇指,米戈伸出了右手的小拇指,两只弯曲着的小拇指,颤抖地钩在了一起,钩成了一个发烫的小写的X。

想到从此要背负那么辛苦的秘密,两个人真想抱头痛哭一场。

左括号和右括号,一声不吭,背对着背离开,两个小孩塌着肩胛,这个秘密实在太重、太重!

念念屏住呼吸,探出手臂,抓住床边的无绳电话,一点一点弓起身体,把被窝拱成一个帐篷。手指轻轻点一下,数字键亮起来了,哆嗦着连续按下十一个数字。她用力摁了摁嘴唇,尽量让它停止颤抖。

"嘟——"念念不敢出气。

"喂!"一个妇人的声音,有点沙沙的,"你找谁?不说我挂了!"

"哦,我、我找米戈!"

"喂,"这回是米戈,"啊,是你!"

"也没什么事啦。我抄了一首诗,你要不要听?"

"哦,等等,"米戈捂住话筒,叫道,"妈——生活频道《蓝色生死恋》开始了!"

"她也看韩剧?"念念有点吃惊。

"我老妈最喜欢恩熙,说她一笑,就像是从身体里流出来

一股清泉。"米戈松了口气,"好了,现在安全了,你念吧,我听着。"

念念开始念了——"我遇到猫在潜水/我遇到狗在攀岩/我遇到夏天飘雪/我遇到冬天刮台风/我遇到猪都学会结网了/我遇到所有的不平凡/可是可是呵/这一切/都抵不上我遇见了最最不平凡的你!"

念念听得见米戈在那头的呼吸,不太均匀。

"诗有名字么?"他轻轻问道。

"不知道!"

"就叫——《当左括号遇到右括号》,怎么样?"

"谢谢,谢谢你!"念念声音嗡嗡的,像是鼻子塞住了。

"好好照顾你妈妈!"米戈轻声说,"我要挂了,妈妈好像要从房间里出来了。"

"我会的,你也当心,别惹她生气!"念念也挂了电话,心潮起伏,夹杂着对米戈的内疚,还有,对那个声音沙沙的喜欢着韩剧里的温柔女孩的陌生的妈妈的一种好奇。

"唉,我们谁都不是从前的我们了。"念念翻开物理模拟试卷,"但是,明天依旧在那里!"

左括号失踪了老长一段时间,米戈有点沉不住气了。他找到了念念的学校,看见念念低着头、竖着领子从里面出来。

"念念!"他在她身后叫了一声。

念念见他,拔腿就跑,慌慌地喊:"别靠近我,你会倒霉的!"

米戈的腿好长,蹬着漂亮的"Nike"战靴,三步两步撵上去。米戈看见一张惨不忍睹的脸,眼皮水肿,左脸赫然一个巴掌印。"谁打的?"他失声问道。

念念赶快别转头,脚步加快,"不要你管!"

他拽住她胳膊,"这事我管定了!"

念念挣脱,"你以为你是谁啊!"

"我是右括号,你是左括号啊!"米戈道,"我只知道我们一起在承担痛苦,我们和亲人没什么两样!"

米戈第二次看见念念的眼泪在眼眶里兜兜打转,就是不落

下来,害得他提心吊胆。

"你陪我喝点东西好不好?"念念拉开一个饮料罐子,米戈清楚地听到气泡在空气中破碎的声音。念念仰起脖子,灌了一大口,递给米戈。米戈犹豫了一下,接过去喝了一口,"你喝的是啤酒?"他吃惊了。

"还有呢。"念念变戏法似的,又拉开一罐,咕嘟嘟猛喝,米戈劈手给抢过去,"不可以,妈妈会担心的。"他恳求着。

"不可以?我有什么不可以做的?既然我不是妈妈的女儿,我还要那么乖干什么呢?"念念挑衅地瞪他一眼。

"不是说得好好的,"米戈糊涂了,"我们两个保守秘密!"

"我不想遵守了!"念念摸着脸上的巴掌印。

"为什么?"米戈跳起来,"谁打你的?我去扁他!"

念念盯着米戈,忽然咬牙切齿,"你为什么那么像他?"

念念的老爸最近天天来闹,要把房子卖掉,因为是以前他

单位分的。妈妈求他看在女儿就要高考的面子上不要卖。妈妈不肯,他就摔东西,连防盗锁他也塞进了牙签。念念气急了,踢他,结果一个巴掌扇得她眼冒金星。

"他怎么突然要卖房子?"米戈问。

"这个浑蛋说,来不及了,他需要钱赶快结婚,要趁着自己还年轻,再为自己生一个儿子!我不想老妈再提心吊胆,"念念的眼泪终于扑簌簌落下,"米戈,我没有别的办法了。只有你能为她讨回公道了!"

米戈使劲憋住眼泪,把剩下的啤酒统统灌进自己的喉咙。

"你答应好么?"念念摇着米戈的胳膊,她的心,随着也碎成了一瓣一瓣。

两只空空的罐子顺着过街地道里高高的台阶,骨碌碌地滚下去、滚下去…

米戈逃开了念念,拼命奔跑,跑得上气不接下气,跑得云里雾里,跑得两条腿好像不是自己的。

心却揪成了一团,数学何止不是天堂呢,此刻,对他,简直是地狱。念念给了他一道最棘手的选择题,无论答应不答应,翻来覆去,都是心如刀割的痛。

老爸开门,米戈眼神定定地看着老爸,"我要是走了,你们舍得么?"

老爸吓一大跳,"哎呀,说什么胡话?"一看时间不对,他摁住儿子刷了牙,又摁着米戈的脑袋,打开冰箱门,嘴里念念有词,"退下去,退下去,酒气跑光光!"

"干什么呢?"为时已晚,老妈说着进门了。老爸苦起脸,"完了!"

不能幸免,米戈被老妈劈头盖脸扁了一顿,"和什么乱七八糟的人见面,你、你还喝酒?"

米戈不躲不闪,"重点,妈你再打重点!"米戈眉头都不皱一下,"我要吭一声就不是你儿子!"

"咦,"老妈忽然停下手来,冲到窗边,"刚刚明明看见外边好像站着个人,我一抬头,就不见了!"

米戈咯噔一下,一把推开老妈就往外冲。

"你还出去!"老妈趔趄了一下,自言自语,"这小子,力气大得很呢!"

"你早不是他对手了,"米戈老爸责备地瞄老妈一眼,"儿子是让着你呢!"

米戈一把拉住念念,"走,你现在就跟我去认你妈!"

念念失去了勇气,拼命挣脱不了,只好蹲下来,哭了,"米戈,我不想离开我妈妈了!"弄得米戈不知怎么安慰面前的女孩,她张大嘴巴,眼泪噼里啪啦不间歇地掉。

米戈不断地送上纸巾让她擦了眼泪擦鼻涕,"嘿嘿,告诉你一个秘密,老妈要是不打我,我真还骨头痒痒。不过老妈最近越来越温柔了,好难得才打我一次!"

念念抹完一包纸巾,停住眼泪,"瞧你瘦得只剩标点符号了!"念念的眼圈又红了,"还能坚持么?真是个母夜叉!"

"不许你骂我妈!"米戈很凶地吼了一句,把两个人都吓了一跳。

"好,我不骂!"念念一下一下点头,"她再凶,也比我

那个浑蛋老爸好!"

"对不起!"米戈突然也变成了一个心碎的小孩,"我不知道这一切是怎么发生的,有时,我真的要错乱。"

说话间,天就黑了一大半,念念说要走了。

"你、你当心!"米戈不知说什么好。

念念浅浅一笑,"会好起来的。妈妈要我不要恨爸爸,妈妈说爸爸有不得已的苦衷。所以,我会努力不去恨他,就像现在,我看看你的这个邪恶的鼻子,也觉得特别善良了。"

"你要我做什么,我都会答应的!"米戈对着念念忧伤满满的背影喊。

念念转身,飞奔回米戈面前,"一定要顶住啊!"她的额头轻轻抵在米戈的肩胛上,"等我们都考好了大学,我一定让你回去。我说话算话,把妈妈还给你!"

"米戈,快来救救妈妈吧!"电话里,念念泣不成声,"只有你能救她了……"

米戈心急火燎套鞋子,什么也顾不得,直着嗓门问老妈讨

钱打车。老妈一听又来火,"什么,什么,接了小姑娘电话了是吧?不许你走!"

米戈一眼看见饭桌上有张大票,手一伸拿来,"算我借你的!"

"啪!"老妈的巴掌紧接着打过来。

"你为什么不躲?"米戈的手背清清楚楚印了五个手指印,老妈不由心疼后悔。

"我怕妈再不打我,以后就没机会了!"米戈喉咙发酸。

老妈的眼圈有点红,她别了过去,摆摆手,"我是怕你交了坏朋友!去吧去吧,玩开心点,只是不要再喝酒,你还不到喝酒的年龄,晓得吧?"

念念理理头发,扎好皮筋,深吸一口气,把门打开,让米戈进来。

床单上那个苍白的妇人睡着了,脸上有了一丝丝血色。

"谢谢你,米戈!"念念回头看看床上的病人,"妈妈撑

过去了!"

米戈失神地看着,他的眼睛一点一点抚摩着那个陌生又熟悉的人形,露在被子外边的颀长的手,细长的眉梢,大而薄的耳垂……

"妈妈、妈妈!"他俯下身子,喃喃叫着,这一刻,米戈再也无法躲避这两个字了。

念念下意识地抠着沙发上的洞,呼吸急促。她在一种难以言喻的伤心里打着转,妈妈严重贫血忽然虚脱。"血型不匹配!"医生验了她的血,无情地宣布,"病人的血型很罕见,必须要一个她的健康的直系亲属输点血给她。"

听到这个消息,爸爸也愣了,他舌头打着结,指着念念问,"啊,难道她不是她的女儿……"

念念眼睁睁地看着昏迷的妈妈,欲哭无泪。

念念真受不了爸爸看米戈的那样子,他那种贪婪的眼光,恨不得要把米戈的每一个毛孔都看得清清楚楚。

"儿子、儿子!"当苍白的妇人睁开眼睛,第一眼就定在了米戈身上,再也挪不开了。她的声音很弱,却是用尽了全

力,听上去像两个爆破音。

"妈妈!"虽然有点吃惊,因为一点过渡也没有,米戈还是再也无法克制,跪倒在地,搂住了亲生妈妈,眼泪咕噜噜咕噜噜冒出来。

妇人的泪水滚滚落下,用那只没挂针的左臂紧紧抱着米戈,"太好了,上天又把你送回来了,真的是个男孩!"

"对不起,妈妈一直没去找你,妈妈早就知道世界上还有一个你了,虽然不知道是男孩,还是女孩?"

"啊!"房间里所有的人都愣住了。

"好了,大家都在,今天我全说出来吧!"妇人招招手,示意念念和那个酷似米戈的男人一起坐到她身边来。

"念念有次生病,一验血,是AB型。她爸爸心里老大一个疙瘩,是啊,两个B型的大人怎么可能生AB型的小孩?她爸爸心里就起了老大一个疙瘩,我当时就想,肯定是医院抱错孩子了。我真恨不得马上去把我的孩子找回来!可是,"她看了一眼念念,喘口气说,"念念的爸爸本来就不疼她,如果妈妈一下把她推出去,她真的会像一棵连根拔掉的植物,从此枯萎

掉的。妈妈就忍着，不去找你，妈妈又不能和爸爸说，妈妈真的很辛苦啊！"

"妈妈钱越来越少，身体也不好。妈妈一直想，等念念长大，念念能够承担这样的事情了，妈妈再想办法找你。每个生日，妈妈都会偷偷多买一个蛋糕，给念念过好了，半夜起来再给你过一次。妈妈一边点蜡烛一边祈祷你很健康，有人疼你。你原谅妈妈么？你能原谅么？啊？"

米戈一抽一抽，艰难地迸出一个字眼："能！"

"太好了，"妇人摸着米戈头顶的两个左旋，"你和妈妈想象得一模一样。妈妈快要生你的时候就想好了，要生个儿子，最好像你爸爸。生个女儿嘛，就像自己！"

那个男人把脸深深埋在两个手掌里，肩膀一耸一耸，哭得，像头骆驼。

"对不起，妈妈什么也没为你做，你却已经为妈妈付出那么多了。你的血流进了妈妈的血管，很暖和啊，妈妈又有力气了！"

米戈什么也不会说了，好像自己变回了一个小婴儿，只会

吐出一个单纯的音节,"妈、妈、妈……"

念念笑着也哭着,"好了,好了!"她站起来,一步一步退向门口,"没我事了,没我事了!"

"念念,我的乖囡囡!"妇人挣扎着坐起来,"妈妈告诉你一个秘密,虽然妈妈早就知道你是抱错的,可是妈妈舍不得你,你比妈妈亲生的还亲。妈妈爱你什么都不顾了,哪怕你爸爸误会我、要离开我。很多很多很多夜里,妈妈看着你熟睡的脸,妈妈觉得自己永远也离不开你,妈妈爱你!"

温柔的妇人张开双臂,右手圈住米戈,左手搂住了念念。

一个左括号,一个右括号,括号里,是一个共同的妈妈,了不起的妈妈!

当左括号遇见右括号,谁说,那不是一个温暖的抱抱呢?

深蓝色的眼泪

米戈赤脚走在黄昏的海滩,这里沙滩细洁,泛着象牙白,而且此刻温度适宜,他能感觉到一股热乎乎的力量正从脚底源源不断地注入身体,浑身像被充电一样。米戈闭起眼睛,人就变成一条小鱼,在无遮无掩的蓝色里悠悠荡荡。

姨夫的大学组织度假,正好有家属半价名额,妈妈热烈地促成米戈同去,"去接触阳光,去泡泡海水,不晒得黑黑的不许回家噢!"

真是谢谢妈妈呀,让他亲眼体会到以前只在电视里、在画册中见过的爽心悦目的蓝色,还有沙子那种细细的温柔的触感。

来清优岛度假的人不多,大半个月牙形状的沙滩上三三两两散布着一百来个人。姨妈不断抱怨这里从早到晚浩浩荡荡的阳光要把人烤成鱼干,她干脆躲在宾馆里"孵"空调、吃海

鲜。姨夫呢就去钓鱼，闲了翻翻他喜欢的闲书《钓叟笔记》。

表姐柏薇拿着数码相机在岛上转悠，从来都是满载而归，右手是采来的植株或者生物，左手是一袋空罐头、食品包装袋之类的垃圾。

米戈呢，除了跟姨夫钓钓鱼，大多数时候就自己玩自己的了。

那天正午，沙滩上突然拥来一帮换上泳装连滚带爬扑向大海的女孩。在玩排球的米戈看见柏薇拎着相机、背着大大的帆布包一个人独行，被那帮兴奋地尖叫着的女生衬托着，大汗衫、深色工装裤的柏薇那么白皙安静，波纹不生。

不远处的海面一阵喧哗，一群穿着深色潜水衣的年轻人哗地钻出脑袋，手里都举着一样圆溜溜的东西，欢呼着。随后，翻转身体，仰躺在水面，穿着脚蹼的脚拍得浪花四溅，飞快游到岸边，三下五除二解下腰里的配重带，迅速聚集起来，围成圈子半跪在沙滩，像一群斗蟋蟀的孩子，脑袋拱在一起，吼着争着："我的最圆，我！我！我！……"

米戈好奇地奔过去，还以为是什么宝贝呢，不过是堆普普

通通的圆石头。

那帮家伙却眼看要打起来。"我来看看！"一个安静的声音，蹲着都和柏薇差不多身高的家伙，一齐仰脸眼巴巴地看柏薇。

柏薇眯了会儿眼睛，干脆利落地指定一块："就它了！"

目光一致转向中间那位，皮肤黝黑，乐得眼睛眯成一条线。"又是橘村？"有人泄气地大叫，"凭什么？就因为他最帅？"

"不信自己量，从哪个点目测，直径几乎都是5.3cm！"说着，柏薇丢下一把卷尺，扬长而去。复旦环境工程系的顶尖生，可不是盖的呀。

"喂！"赢了的那位一跃而起，"我赢啦，请你潜水！"柏薇下意识想挣脱，手像被钳子夹牢一样，她转头，求救一样喊："米戈啊！"

"你也一起去吧，到海里去散个步！"叫橘村的年轻人下巴朝着米戈热烈地一扬。

他们一齐走进海边一排天蓝的平房,房顶的颜色更像是用蜡笔涂上去的。大门旁边的墙上嵌着一排立体字——"圆石头潜水俱乐部",每个字的笔画是用一颗颗真正的圆石头搭成的,朴实好看。橘村把刚刚得来的冠军圆石补在"头"字的最上面的一点,"全是我们从海底摸来的,"一边用丙烯刷上自己的名字,一边长长吐一口气,"我今天起码比别人多下二十米!"

柏薇凑近去看,几乎每块石头上全是橘村的名字,一笔一画拙拙的,"怎么想起来叫这个名字?"

"是有典故的。在太平洋一座小岛上的土著人中有一个古老的游戏,年轻人喜欢潜水比赛采捞海底的石头,谁捞上来的石头最圆谁就是获胜者。"橘村神情悠悠地说,"没去过真正的海底吧。那里美得没法说,不过美得非常脆弱,比如珊瑚,轻轻一折,就可能支离破碎,那得多少年才形成那样的颜色那样独一无二的形状啊。我是亲眼看见海里的鱼呀珊瑚呀越来越少,所以我们约定,每次只带一样东西回来,就是最最无关紧要的石头。"

一粒一粒的圆石头,柏薇触摸过去,用一种崭新的眼神看

着黝黑高大的橘村,同样悠悠地说:"自然的力量啊,能把多少年前坚硬庞大的石头冲刷成现在无论从哪个角度看都是天衣无缝的圆润的样子。"

米戈已经心不在焉了,张望着外面的棚子,那里的绳子上到处晾着潜水装备、浮力背心什么的。

"心已经飞到大海里去了吧?好,我们带好装备,现在就出发!"橘村爽朗地笑着。

橘村的大手,一左一右牵着柏薇和米戈姐弟俩。"天啊!太好看了!"第一次潜水的米戈一下就被眼前海底世界惊呆了,透过水镜可以清清楚楚地看到半米多长的大鱼,成群结队,被鱼群簇拥着的感觉真好!晴空万里,阳光直射水下七八米深,很多处在繁殖期的鱼类,浑身的鳞片闪闪发光,闪得米戈眼花缭乱。米戈转头看见橘村轻轻摆动蛙鞋,换气时呼噜噜吐出一串串的气泡。柏薇的头发像海藻一样柔软舒展,脚蹼蹬得很有节奏。

长排牙齿的鳗鱼,看到他们就钻到岩石洞里,露着头紧紧盯着,柏薇冲它们活泼地摇手。她还试图冲过去亲吻几乎擦唇

而过的五彩小鱼,橘村不得不更紧地抓住她的手。

　　海里的柏薇和平时很不一样,就像一朵包得很紧的花哗一下开放出来了。

　　等他们浮出海面,橘村问怎么样。

　　柏薇笑得像条美人鱼,"啊,只想马上再潜一次。"

　　"理解!"橘村替她解开腰里挂着的铅块,"我都潜多少回了,到现在还是喜欢。陆地上不可能有第二片这样的风景,能像海底那样变幻无穷,每次都能给你惊喜!不过现在不行,我肚子饿得呱呱叫!"

　　"那我请你吃饭吧!"柏薇不好意思了。

　　"哪用?"橘村毫不费力将三套潜水装备往肩上一扛,"你们帮我拣点鹅卵石,我一刻钟之内回来!"他的腿好长,跑起来像头羚羊。

　　没想到橘村还有一手绝活——做"毛利晚餐"。太平洋岛上的毛利人把鹅卵石烧热放在沙坑里,上面放上用芭蕉叶包着的大米、土豆、鸡肉、香料,然后再盖上芭蕉叶,最后埋上沙子,一个小时后炙热的鹅卵石自然就把食物烧熟了。

真是奇香无比,美味无比。橘村做饭时,柏薇看着橘村的眼神,忽闪一下、忽闪一下,噼、啪,噼、啪,像火星一样越来越亮。

吃完特别的毛利晚餐,柏薇自告奋勇和橘村一起去扔鸡骨头,回来后两个人又久久站在海边,一颗一颗把冲洗干净的石头,归还到大海里去。

白皙的柏薇,黝黑的橘村,他们扔着圆石头开怀大笑,看起来很美很和谐。

"黑白配!"米戈突然脱口而出。

"黑白速配!"橘村的一个一起晚餐的朋友更递进了一步。

没几天,当阳光为柏薇涂上一层均匀的巧克力色,她的笑容也泛起了迷人的亚光,像大海一样开阔明朗的橘村把学者型冷静理智的柏薇卷进海滩上沸腾的青春生活,他俩开始有散不完的步,无论在陆地上,还是大海里。

比起木知木觉的姨夫,姨妈先感觉到了女儿的变化,居然穿起了热裤、吊带背心,每天早出晚归。她找米戈过来迂回地

打听,"柏薇姐姐好像晒黑了不少?"

"姐姐好开心,找到了一个免费的潜水教练!"米戈心直口快。

"免费?"姨妈马上反应过来,一转身赶快喝令姨夫去明察暗访。

晚上,兴奋溢于言表的柏薇又不小心流露:"你们知不知道,日本海边有帮老婆婆,从年轻时就会潜水,人们管她们叫海女。海女每年到一定的季节就去采捞软体动物,是裸体潜水喔,在海底,像一条条美人鱼!"

"不要脸!"姨妈拍着桌子,"哼哼,你别以为我们什么都不知道,一个无业游民,一个高中毕业生,居然想和我家的复旦大学生做朋友。我告诉你,假期明天结束了,你爸爸都订好回程票了!"

柏薇睁大眼睛,不能置信地喃喃道:"妈,你在说什么?我不能走的!"

"你今晚别想出去!"姨妈吼起来,"我再不管你,你被别人骗去做海女都不一定……"

柏薇躲在被窝里给隔壁的米戈发信息:"帮我出去,他在等我!"

几分钟后,隔壁传来米戈越来越大的呻吟,"疼,疼,肚子疼死了!"

姨妈急得要命,拉开门就往隔壁冲,柏薇鞋子也来不及穿,嗖一下跑得无影无踪。

米戈实在不会演戏,他只是心甘情愿做牺牲,心甘情愿被姨夫姨妈骂到天亮。

"什么什么,夜里去潜水?他们不要命啦?"姨夫大叫大嚷,姨妈尖叫起来,身体不停在原地打转,一口咬定柏薇肯定会被鲨鱼当消夜。

经不住姨妈哭哭啼啼,他们叫上宾馆的保安,打着手电筒去找人。他们拼命敲"圆石潜水俱乐部"的大门,里面根本没人。一行人在沙滩上一路叫一路找,好在沙滩无遮无掩,所以一下就看到了柏薇抱着膝盖,默不作声坐在那里,一个人。

她一定听见了他们叫她,可她就是不做声,只是把身子尽量地蜷缩起来,缩起来。

姨夫姨妈拉她回去,柏薇整个人就像生了根,死扳不动。被逼急了,也只有一句话:"橘村会来的,他肯定有事耽搁了,他不是不讲信用的人!"

骂了、劝了、求了半夜,姨夫姨妈被这场相持累得东倒西歪,米戈怀着一种赎罪般的心情说:"我来陪姐姐吧!"

"随她,随她!"两个大人坚持不住了,想想明天还要坐车长途跋涉,终于松口回去先歇会儿。

柏薇拖着已经坐得发麻的腿在沙滩上徘徊,用做梦一样的声音对米戈说:"我看到了,很多鱼都睡着了,展现出另一种与白天完全不同的状态。你用电筒照,它们也一动不动。深夜的海底有成群的绿色鹦鹉鱼,它们睡觉时吐出一个大大的黏膜气泡,将自己包围在里面。还有成群的狮子鱼、海马,各种软体动物……他说要带我去看看这一切的,他为什么没来,没来呀?"

……

回到上海以后的柏薇很快风平浪静,穿着宽大保守的服装,抱着书,像影子一样穿梭在学校和家之间,年底照例又拿

了一等奖学金。

"呵呵,青春不过是一场热病嘛!"身为哲学教授的姨夫如释重负,姨妈也十分欣慰,张罗着让女儿在毕业前提前相亲。

可米戈觉得柏薇还是变了,她前所未有地喜欢蓝色喜欢透明,她喜欢玻璃杯,喝咖啡也用玻璃杯。她换了一台有晶莹剔透的蓝色外壳Mac电脑,还买了看得见机芯的Swatch潜水表。

她还吞吞吐吐地给他打电话,"如果,我是说如果你收到来自东北的信,一定好好收着,我会赶在第一时间来取的。"

以后柏薇定期打电话和米戈聊天,说着说着总有点心不在焉。

一个月过去了,两个月过去了,大半年过去了,天气越来越冷,柏薇还是一周打几次电话给米戈,米戈知道她在坚持给橘村写信。可他没有收到中转的信,一封也没有。米戈不知道怎么安慰这个姐姐,"我敢打赌你的每一封信橘村都会一个字一个字地看呢。"

"真的?"柏薇欢喜起来,可是马上有点泄气,"你怎么会知道?"

"退信,因为一封退信也没有!"

"对喔,我怎么就没想到呢!"柏薇简直欢欣鼓舞起来。

"可怜的姐姐。"米戈心里一阵难过,"橘村,如果你再不回信,我就冲到东北把你揪到姐姐的身边!"

"退信!"米戈目不转睛看着上面的小贴条,上面在"迁址"一栏打了钩,心一下荡到了谷底。情况在越来越糟糕,毫不知情的柏薇还在把坚持当做一种信仰,米戈却越来越频繁地收到退信。

见鬼,就是自己那句自欺欺人的话给柏薇姐姐注入了希望,那是怎样顽固的一种希望啊。

最新的一封,信封都破了,上面四个大大的红字:请勿夹寄!米戈手腕稍稍一抖,一张光盘一封信兜底翻身掉下来——

有个不错的男生追我(呵呵,既然你一直那么无动于衷,我也决定吓吓你)。

你猜我脱口而出问他一句什么话么——"你潜到过二十米以下的海水吗？"

是啊，为什么我要问他这句话呢？我有一种心痛，因为再也找不到一个人像你一样，和我一起分享那种无与伦比的宁静和多彩。在二十米以下的深蓝处，那里寂静无声，听到的只有自己的呼吸声；那里的压力很大，那是一种不同于精神压力的纯生理压力，压得我感觉不到自己身体的存在；那里的鱼那么多，多得围着我们转来转去；那里的珊瑚绚丽多彩，你曾拣了一枝比画着戴在我头上，说真美，像新娘的头冠；那里很蓝，蓝得有点眩目；那里的重力很小，我和你手牵手像在天堂漫步……

或许就是忘不了这些和你在一起的美好体验，所以即使我们在一起的时间是那么短那么少，我对你的记忆却那么刻骨铭心，因为享受过那种快乐，是与世隔绝的，好像世界上只剩下我们俩……

如果坚持是一种信仰，亲爱的亲爱的橘村，你能告

诉我,你还要让我坚持多久?

那张碟米戈忍不住听了,翻来覆去只有一首歌,一首老歌——

"爱你的心我无处投递/如果飞檐走壁找到你/爱的委屈不必澄清/只要你将我抱紧……"

橘村,浑蛋,你在哪里呀?浑蛋,橘村,你快出现吧出现吧。

柏薇抿紧双唇,手里紧紧攥着一沓退信。米戈低头坐在她对面,准备迎接一阵暴风骤雨般的哭泣。他等了许久,一点动静也没有,他抬头,看见眼泪在柏薇的眼眶里兜兜乱转,她低头看着颈子里的一块蓝水晶,慢慢转动着。

"这块蓝水晶很灵的,"柏薇的脸上浮出笑容,"它会通过顺时针、逆时针或者左右上下摆动或者不动来告诉你答案。它说不久橘村会突然出现……"

米戈像壁虎一样紧紧贴在海洋馆四号池的外壁上,任旁边

的人怎么拥挤,都死命顶住。

周末的海洋馆人多得出奇。

喂食表演开始了,米戈目不转睛地盯着潜水员,看得出他的身手十分敏捷,也看得出他最喜欢白点鹰鲼。它们真的好玩,会翘起可爱的鼻子,拱他的胳膊,示意该开饭了。他抓起一把贝壳塞在乞食的白点鹰鲼嘴缝里,顺手抚摩了一把它光滑的肌肤。

观众都笑了。

这时靠近观众这边的牛角鲼发生了小规模斗殴,有几条的背脊划破了。潜水员迅速游过来,小心翼翼地用网兜护了一位"伤员"上来,认真地给它的伤口抹上红药水,动作细心得像个父亲。涂好药水后那个人做了一个很特别的动作,突然扭头去和一群五彩的小鱼亲吻,那个动作让米戈刹那心惊,过目难忘。虽然隔着厚厚的一层玻璃,里面的人已经少了一圈,米戈还是不自觉地颤动了一下。

"快来海洋馆,柏薇,你的蓝水晶也许显灵了。"其实米戈更想说,与其说是蓝水晶显灵,不如说是柏薇的心意感动了

上天。

柏薇赶来的速度之快,简直像是坐了喷气飞机。

表演正好到高潮,以凶猛闻名的虎鲨,就像小猫一样温顺地任由他抚摩、逗弄。看到这情景,大海龟吃醋了,看准机会就用前肢扑倒了那个潜水员……

"橘村!"一声惊叫拔地而起,回荡在整个大厅。

直到听到广播里宣布潜水员只是脚指甲受了点小伤,柏薇的心脏才回归原位,紧接着她挤出人群,"米戈,我这就去找他!"

她头也不回往海洋馆的员工区冲,一拐弯,抬头就见一个微微佝偻着的高大身影,一瘸一拐走在前面。

"天呢,天呢!"柏薇的瞳孔放大,折射出无比惊喜,人却步步后退,"米戈,是他,是他呀!"

米戈也欢喜得讲不出来话,一个劲点头。突然,他用力推了柏薇一把,"快去叫住他呀!"

柏薇如梦初醒,倒吸一口气,"橘——村!"声音喜悦得要爆炸。

奇怪,这么大声音,那人压根没听见一样,继续我行我素。

米戈再也忍不住,抢步过去拉住那人,"喂,老朋友都不记得了?"

他缓缓、缓缓转身,柏薇凝视着他,眼睛一点点扫过他那熟悉的轮廓,百感交集。橘村好像有了一些变化,是少了那种阳光灿烂的笑容吧?忽然,一片阴影掠过他的额头,他含糊地说了句,"我有事情,改天再聊!"说着就仓皇撤退,眨眼消失在走廊尽头。

他撤退得如此突然决绝,以致柏薇愣了一下。久久,她失魂落魄地站在原地,泪珠滚滚而下:"为什么?难道我是一条鲨鱼?"

"今天,他大概受刺激了,被几百斤重的海龟拍蒙了!"米戈勉强笑着,拉着柏薇离开。

"橘村绝不是胆小鬼!"柏薇马上激烈地反对,"在清优岛他曾经碰见一头四米多长的大鲨鱼向他压来,牙齿白森森的,闪着光。他马上拔下呼吸器,憋住呼吸,足有三十多秒,

那条鲨鱼悠闲地游走了。"

"明天,还是明天再来找他吧。"

哪晓得这一拖就是十天,海洋馆一直闭馆,这样大动干戈,据说是为了迎接一条来自日本福冈的怪鱼——翻车鱼莫拉小姐,要为它准备最豪华适宜的"套房"。

柏薇神色黯淡,想象一下,自己日夜思念的人就在距离自己很近的地方却见不了面,那种无奈、不解和迷惑吧。她日夜开着手机等候,期望着橘村哪怕只给她一个问候,对,她可以不用他解释什么,当初为什么失约,现在又为什么逃跑?

没有,没有,橘村那边一点点声音也没有。

第三天,米戈终于打了海洋馆的电话,"请叫一下橘村!"米戈努力克制着情绪,对方迟疑了一下,居然说:"我不能叫他!"

"为什么?"米戈顿时火气很大,"橘村,浑蛋!"他对着话筒大叫大嚷,"你要是不接电话,柏薇永远不能原谅你……记着,我还会来找你的!"

"不用打了,"对方好像苦笑了一下,"橘村他从来不接

电话!"

米戈举着电话,一时错愕。

"他讨厌我!"柏薇不知什么时候站在米戈身后,脸色苍白,"我还以为,他一直喜欢我……"她张了张嘴,突然就没了声音,好像一下子失去了全部的勇气。

柏薇眼睛闪着灼热的光彩,指着晚报上一张照片,用口型用力地喊着一个名字:"橘村!橘村!"医生说她的暂时性失声还需要一段时间恢复。

米戈眼睛睁大了,他看见在橘村英俊而悲伤的脸旁,一行醒目的新闻标题——《莫拉走了,橘村"失恋"》。

他飞快地浏览了一遍新闻——

作为第一位"做客"我国内地的翻车鱼——"莫拉小姐",显然没有做好生理和心理准备,在前天抵达本市的当晚就匆匆结束了三岁的生命。海洋水族馆馆长万分遗憾地告诉记者,虽然馆内十几名工作人员尽了最大努力挽救莫拉,可依然无法让市民一睹这条憨态可掬的

"怪鱼"。今年三岁的莫拉眼小,嘴小,头小,背鳍高大呈镰刀形,如果顺利长大,最长可达三至五米,体重可达一点五至三点五吨,是世界上最难饲养的海洋鱼。

"我们的努力只是让它多活了四个小时。"馆长大声告诉记者,"他们一直半步不离地陪着它,尤其是潜水员橘村,始终坚持在水底陪它,除了换氧气瓶的短暂片刻。看到它要'撞墙'就立刻帮它改变方向,帮助莫拉平衡身体并努力让它游动,通过不断制造人工水流助其呼吸。渐渐熟悉环境的莫拉一度恢复了活力,橘村给它喂了三个小虾球,可它吞下去之后立刻又吐了出来。现在想来,当时莫拉也许正经历'回光返照'。

从7时30分起,莫拉就变得异常暴躁,不断横冲直撞,只有技术最好的橘村拼命游着偶尔才能赶上它,拼命阻止着它一次次和帆布、玻璃墙碰撞。这个时候的莫拉忽然对所有的色彩产生了'好感',当它看见橘村的黄色帽子时就不断尾随橘村,我们以为它已经安然度过危险期,非常高兴,不断向池内注入新鲜氧气。橘村则

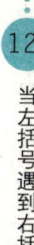

帮它扶正身体、拨动腮盖,希望能帮它继续呼吸并游动,一切的努力在10时宣告失败,它不多久便离开了'人间'。"

是潜水员橘村亲手把它的尸体捞出来的。可他拒绝记者采访,始终不肯说一句话。直到记者离开时,忽然听见他从胸腔里爆发出的歌声:"我想我可以忍住悲伤/假装生命中没有你/从此以后/我再没有/快乐起来的理由!"……

柏薇用荧光笔在纸条上写了一行大大的字:**我在报纸上看见你哭了,不要难过,你已经尽力了!** 然后贴到玻璃壁上。

水里的橘村好像看见了,缓缓游近来,游近来……

柏薇继续写:**我看见你哭,我很开心,因为,感觉到你不再陌生冷漠,过去的那个你终于又回来了!**

橘村慢慢摘下潜水镜,两个人隔着玻璃,久久凝视。

湿漉漉的橘村坐在柏薇对面,柏薇继续笔谈——**我现在不能发声音,不过是暂时的!**

　　橘村微笑了一下：**没关系！**他的字还是那么拙拙的。

　　你可以把那首歌再唱一遍给我听么？

　　橘村点点头：**我想我可以忍住悲伤/假装生命中没有你……**

　　真好听！柏薇鼓掌，**等我嗓子好了再唱歌给你听。**

　　等不及了，现在就"唱"给我听吧！

　　柏薇愣了一下，拿起笔，一字一顿"唱"起来，笔画纤纤弱弱，像有无数的颤音划过：**爱你的心我无处投递/如果能够飞檐走壁找到你/爱的委屈不必澄清/只要你将我抱紧……**

　　橘村一把紧紧抱住柏薇，嗓音嘶哑："柏薇，你是个好姑娘。对不起，一直想对你说对不起，无论过去、现在，还是未、来！"说到最后两个字，声音已经哑得不成样了。

　　米戈咬了一下自己的手指头，疼，再咬一下，还是疼，他开心地跳起来，"是真的，我不是在做梦啊！"

　　第二天，在微蓝的清晨里，米戈的妈妈打开门，发现一封用一颗圆石头压着的一封信，当揉着眼皮的米戈忽然看见上面

拙拙的丙烯字体——**橘村**，呀，这不就是当年被柏薇判定的那块冠军石头么？信封上写着同样一行拙拙的字——**米戈转交柏薇**。

亲爱的好姑娘柏薇：

我要走了，不知怎么和你说明我离去的理由，无论过去还是现在。

那个晚上，每当想起你在沙滩徘徊的那个晚上，想起你以令人吃惊的顽固等着我，我就陷入无边无际忧伤的自责。

刚刚，你对我说，你不能说话了，暂时的。

我笑着对你说没关系。如果你接下来问一句为什么，我该怎么回答你？

也许我该告诉你：我听不见了，永远！

什么时候？

就是约你夜潜的那个晚上。

那晚突然得知一架客机坠落在附近海域，我们甚至来不及通知家里，背起器材就被车子飞速接走了。他们

需要潜水好手,在第一时间找到黑匣子。

在黑暗的水下我只能用双手去摸,这是我平生第一次触摸死亡。同时摸到的,有真挚的哀悼,有生存的幸福,还有做人的责任。

黑暗的水下能见度几乎为零,我怀着忐忑不安的心情潜了下去,突然,摸到了一个东西,紧张得马上就把手缩了回去……第二次下水时,我摸到了一大块残骸,是飞机的机头连着部分机身。当时我从上面慢慢地走到驾驶舱里面去,只觉得里面有很多仪表,冷冰冰的,很光滑。一团团线路管道差点缠住了我,后来我掏出潜水刀割开它们才挣脱出来。

第三次其实我不用下水,每个潜水员都有一个晚上的下水时间极限。

黑匣子还没找到,他们看着我,很矛盾的样子。我还是决定下去了,我是当时能够潜水最深的一个潜水员,我义不容辞。

我又潜了下去,往更深更黑的地方。整个过程里我

的眼前不时闪现着你温暖的笑容，我想，回去一定要告诉你我经历了怎样一场惊心动魄的夜潜。你一定会为我骄傲的，为了我是一个充满勇气的男人。

我终于摸到了黑匣子，可是瓶子里的氧气储备已经远远不够。我飞快地上升，虽然我知道这样做意味着怎样的危险。人浮出水面的一瞬，血液里的气泡和压力也许让你整个身体像突然打开了剧烈摇晃过的汽水瓶盖……

虽然他们以最快的速度把我送进减压仓，但也许0.1秒的误差，我听到了耳膜爆破的声音，整个世界，从此都变得像海底一样的寂静……

柏薇，我无权把那么健康优秀的你，拖入到我那无声的世界。

我一字一句读着你的来信，每次我都在想：如果我们能够生活在海底的话，也许我就有勇气来接受你。可是，我们都是需要氧气、需要阳光的人啊。

你忍受不住我的沉默，写信说要不顾一切来找我，

如果我还愿意牵着你在海底漫步，为你戴上珊瑚做的新娘头冠，你会毫不犹豫放弃你的学业你的家庭。

不值啊柏薇，不值啊。

我迅速做了一个决定，关掉我的"圆石头"。我先在圣淘沙担任独木舟与风帆教练，还到深圳的一个小岛为岛上的珊瑚馆收集过珊瑚。对你的思念却如影相随，如果你知道其实我和你一样，每时每刻都会想起你，你就不会因为过去的孤寂无望而伤心了吧？

所以就来了，来到你居住的城市。这样，我就可以呼吸着和你一样的空气，我可以时时感受着你，而你却从此可以开始自己的新生活。

可是上天又让我遇见了你。你出落得更美了，也更有出息了。我还在这个城市的报纸上读到关于你的消息，知道你发现了有害的植株"一枝黄花"，知道你已经成为这个城市最年轻的环保专家。

见到你的第一个反应，居然不是喜悦，只有悲伤，还有不可抑制的自卑。

  我意识到，属于我们的最美的时光已经永远地留在了大海里，一去不复返了。

  莫拉死去的一霎，用它无邪的眼睛召唤着我："嗨，伙计，你该回去了，你不属于这里！"我的心又回归到大海。我不再想表演，日复一日在四五米深的城市的"水沟"里表演所谓的潜水，我要回到真正的大海去。

  真的。好姑娘，我忽然豁然开朗，心灵不再受困，当我明白自己真正的归属在哪里，我不再为自己失去听力而难过。不要来找我，我自由的足迹将遍及世界各地海域，苏格兰、澳大利亚、大洋洲、哥伦比亚、佛罗里达、巴拿马群岛等海域，甚至北极极地海域的冰雪景观或多方战火的红海海域⋯⋯

  那么多那么多的海洋啊，足够我用薄薄的一生去流浪去探索。

  谢谢你，柏薇，谢谢你的成全⋯⋯

  我爱过你，在二十米的深蓝里。

  也许是见证了橘村和柏薇这对哥哥姐姐"黑白配"的整个过程,所以柏薇默默地和米戈一起读着来自橘村的唯一的也许也是最后的一封长长的来信。

  "人都走了,还再说这样的话,真是可恶讨厌啊!还能要求姐姐成全他什么啊?"米戈忽然真真感觉到一种无力和悲伤,柏薇和橘村的故事让他看到了这个世界上是有无论怎么努力、无论怎么渴望都实现不了的事情。

  没有回答。

  这时米戈看见了柏薇在哭,无声无息。他的眼睛慢慢睁大,天,大滴大滴深蓝色的清澈的眼泪挂满了姐姐的睫毛,柏薇仰起了美丽的下巴,"橘村,我愿意成全你的碧海蓝天!"

住在白菜心深处

1

米戈稍稍转了一下车把手,一下滑进小区的大门,什么叫做一路风行,新买的跑车算是让他真正体会了一把那种感觉,轮子轻捷得像片羽毛,刷刷刷,空气也像绸子一样抖动起来了。

轮子忽然重了,米戈手心用劲,使出一吨的力气,才保持住原来风一样飞驰的速度。

"借光,搭段顺风车!"身后随之响起一个清亮的声音,米戈转头,一个直发披肩的女孩,简单的白汗衫,米色卡其口袋裤,最醒目的是两道女孩子家少见的剑眉,看上去二十岁上下的样子,骑着一辆半旧的车子,链子掉下来了,哗啦啦

拖在地上。

女孩的车把上挂着一大袋子大白菜,好几棵,看起来死沉死沉。她脸色潮红,鼻尖上冒着汗珠,肯定是累坏了。

米戈点一下头,"嗯"了一声,轻得像耳语,就继续埋头前进,出点力不打紧,他一般和陌生女孩说话紧张,何况是比自己大的,总不见得开口就叫人家姐姐吧。

"停,我到了!"女孩把车停好,"等一下!"她长长的手臂一伸,拉住米戈的衣角。接下来她一连串动作宛如快镜头:从车斗里翻出一把大号水果刀,当场大刀阔斧削白菜,动作麻利干脆。米戈眼见着一棵体积庞大的白菜叶子层层飞快剥落,几秒之内,一棵嫩嫩的菜心宛如玉兰花,漂亮地在她手心盛开,发出白玉一样的光泽。

"给你!"她双手递过来,"搁在窗台、茶几都行,水灵灵的,特招人爱!"

"啊?"米戈眼花缭乱,一时反应不过来。呵呵,第一次见面就送棵白菜心,这个女孩有点把他弄晕了。

"是嫌这东西贱吧?"女孩自嘲地一笑,"真是的,什么

不好送,送棵白菜心!"手一扬,一道弧线划过,消失在远处绿地边上的灌木丛中……

等米戈回过神来,女孩也消失在楼道深处……

2

米戈站在灌木丛边的街沿上,走到这里他就突然停顿了,时间的长度也由一个顿号一点点延展成一个长长的破折号。刚才看着看着书,觉得有那么一小件事情放不下,抬头,目光和窗台上那盆水灵灵的植物碰个正着,所以跟妈妈说了声要出去散个步就急急出了门。

远远的,她来了,臂弯里躺着一只黑不溜秋的小狗,一脸温柔,两道硬朗的剑眉的眉弓处也不知不觉弯成了甜美的弧度。

米戈一惊,呀,要是她以为他是在这里等她,那可糗大了。他头一低想逃,已经来不及了,"喂——"那个声音已经蹿在他面前,"不用找了,早成菜干了!"

"是么?"米戈吞吞吐吐的,"可是我妈妈已经养在白瓷

盆里了,没想到昨天是母亲节,结果我歪打正着……"

"哈,"女孩迅速由意外转为惊喜,"要用薄胎的细瓷装才漂亮呢,整个一个清秀佳人!"

"昨天,对、对不起呀!"米戈轻轻道歉。

"是我不好,怎么可以和小男孩生气呢?"女孩说着伸出手来,"握个手吧,我叫与格,呀,原来你叫米戈,呵呵,听起来倒像姐姐弟弟。"虽然不大受用她装出一副老气横秋的样子,不过米戈很喜欢与格那一口爽脆的北方口音,包括她那股喜怒形于色的爽朗劲儿。

"再帮个忙,"与格把小狗往米戈手里一塞,"替我看一会会,我去便利店买点东西。"

小狗在米戈臂弯里扭来扭去,与格拍拍它丑丑的小脑袋,"与其乖乖,姐姐给你买火腿肠,马上回来哦。"小狗果真安静下来,馋兮兮吐着舌头。

与格推开便利店,扫了几圈货架,眼珠一跳,径直大踏步走进去,三下两下选好货品。收银机咯吱咯吱吐单子的时候,她取了一管润唇膏,旋开管子,飞快涂几下嘴唇,稍微抿抿,

嘴唇就泛起亚光。她正要出门，迎面被人拦住了，站在外面等候的米戈随之看见了一个奇特的景观：先是一个小胖子，然后是卖牛奶的阿姨，最后连营业员也着了魔，他们轮流站到与格面前，一个接一个张大嘴巴。连那个自以为是的住他家楼上的经理也乖乖俯下身体，和别人一样张嘴。"啊——"与格还笑嘻嘻地捏了捏他的下巴。

米戈呆掉了，那家伙到底在干什么呀？手随之一松，小狗狗从他臂弯里跌落，"嗷"的一声惨叫，仰面躺着，怎么也翻不过身来。

便利店门里的与格像是有心灵感应，几乎在同一秒钟里冲出来，抢在米戈前面抱起小黑狗狗。"摔没摔痛？你不知道我们家与其不会跑路呀？"米戈的眼睛在一刹那放大，他甚至没顾上理会与格责备的眼神，天，天呢，与其竟然没有爪子，四条腿，像四根光溜溜的棍子！！！

3

不管怎么样，米戈的生活多了一个小小内容，每天准点出

去散一次短短的步,差不多都能等着与格,他给她抱着与其,与格飞快地进便利店拿牛奶、拿火腿肠、拿"农夫山泉"……米戈有点奇怪,小区都装了净水管,厨房龙头放出的水就能直接喝呀。

与格像是明白他心思,自言自语道:"我的白菜心爱喝哩,一喝到山泉,就像回到老家。"

米戈觉得与格不同于他认识的任何其他女生,她养一条秃爪小黑狗,总有人见到她就条件反射一样自动张嘴。而且她看上去对什么花都不感兴趣,常常抱几棵大白菜回去削成白菜心,用清水养着。

天气很快热起来,与其似乎不那么乐意让人抱着散步了。看着它青蛙跳一样,在地上一蹦一蹦进行着特慢的散步,米戈实在看不下去,下次散步就推了一辆旧滑板改造的小车,与其坐在里面,简直一路风行。

"呀,你这孩子还挺有心哩。"与格快活地叫起来。

干吗老是孩子孩子地叫,好像自己多老似的?米戈微微皱眉,可是马上又微笑了,有点骄傲地问,"看得出么,车厢是

老收音机壳子改造的?"

"我可不能这么欠你的。"与格剑眉一扫,对着米戈钩钩小指,低声命令,"过来,张嘴!"

这个眼睛炯炯有神的大女孩好像有股魔力,她上前来一捏米戈的下巴,米戈不由自主就张了嘴,紧接着他感觉到两道目光X光一样穿透了口腔。

"一、二、三,"与格小声数着,一边啧啧叫起来,"孩子,你有三个洞,赶紧跟我去补!"

"不用,不用!"米戈涨红脸,拼命摆手,可不一会儿还是被与格连拉带拽弄到了一张舒服的电动沙发椅子上。

原来与格就在这家天蓝的诊所里工作呀。她麻利地换上了水粉红制服,面貌焕然一新,完完全全一个简约清秀的牙医助理。怪不得小区里那么多人见她都乖乖张嘴,米戈恍然大悟。

"好啦,最大的一个补上了。回去让你妈妈多炒点韭菜、芹菜给你吃,要多摩擦牙面!"

天蓝窗帘在与格身后飘呀飘,与格眼睛一眨不眨地看着他,目光清澈、专注,仰面躺着的男孩有点害羞,眼神怯怯地

跳开去。

"啊！啊！"突然，从他被撑开的嘴里，发出几声喜悦的叫声。窗台、茶几、器械柜，只要有平面的地方，到处搁着大大小小养在清水里的白菜心，米戈从来没有被一种植物这么打动过，它们静悄悄地、腼腆地立在泛着莹润光泽的薄胎瓷盘里，落满了他的视线，出水芙蓉一般清新，粉琢玉雕一般精致，那么清雅那么温润。

补牙完毕，米戈开口说第一句话就是，"它们真像最好看的牙齿，一颗一颗一颗……"

与格摘下一次性手套，拿起距离手边最近的一盆小小的新鲜的白菜心，在手心里转呀转，"是呀，最好看的牙齿不是雪白的，是这样的玉白，有玉一样的光泽，叶片一样的清新……"

4

与格的眼神恍惚起来，记忆里童年的冬天多么寂寞呀，大雪封路，家里的地窖早早储满了大白菜。连着吃上两三个月大

白菜，窗外边望出去什么也没有，这样没有色彩没有滋味暗淡的日子里，只有妈妈的微笑照亮着与格和弟弟的生活。妈妈又腌又炒又煮又煸，全家人每天不断发现着白菜的新滋味，大年三十，一家四口幸福地吃着白菜猪肉馅饺子，窗台、茶几、立柜、电视机，错错落落摆着系好红丝绳的清灵美丽的白菜心，和妈妈玉白玉白的牙齿、灿烂灿烂的笑容交相辉映着。在妈妈的白菜魔法里，屋子里有无数颗星星闪耀起来了，与格觉得天堂也不过如此吧。

这样神奇的妈妈怎么可以说走就走，不就是小小的阑尾炎吗？可载着急救医生的车子老开不进来，外面下了老大老大的雪，把整个小镇都封在山洼里。与格看着妈妈一点点失去血色，一点点变得惨白干枯，她喊着妈妈不要走不要走啊！小小的弟弟趴在妈妈身边，问姐姐妈妈要去哪里。妈妈的手指一点点吃力地抬起，指向窗台，抬到一半，突然垂下来，所有的东西一下子变成了白色。

弟弟不停问爸爸问姐姐，妈妈去哪了去哪了，他们无言以对。有一天弟弟突然露出很严肃的神情说："我知道了妈妈在

哪儿了，喏，"他指指窗台上那棵最大的白菜心，"妈妈就住在那里，晚上妈妈会扒开叶子，跳出来抱我亲我呢！"

就着最后一点妈妈做的腌白菜喝闷酒的爸爸呵斥弟弟："瞎说什么呀！"

弟弟于是掉头求证似的看着姐姐，与格明白妈妈临走时那一指，是想指着窗外的蓝天的，不是吗，妈妈是去了天上不回来了。可妈妈已经没力气了，她的手指永远定格在窗台上那棵美丽的白菜心的高度。

可是与格深深点头，不是吗，妈妈虽然远在天边，但只要一看到那些清秀水灵在冬天里照样充满生机的植物，妈妈就好像近在眼前，俯在那里勤快地浇水，拨弄着白净的叶苞，笑容闪闪发亮。

弟弟咧嘴笑了，洁白结实的牙齿让笑容灼灼放光。爸爸和与格都看痴了，弟弟真的好像妈妈呀。

与格担负起小主妇的责任，做饭、收拾屋子、看管弟弟，还要读书，疲惫不堪的她最后上桌吃饭，发觉最大的肉片、最嫩的白菜、最好的鸡蛋饼子统统被夹在弟弟碗里，爸爸

扔给她的只有一句话:"快吃,吃好了刷碗。有空再腌点白菜,你弟弟早上光吃馒头嘴淡!"

下了课的与格头发蓬乱着,背着书包,拎着贼沉的白面和盐,刚进家门,与格简直不敢相信自己的眼睛,满世界的白菜叶子,从屋子一直到院落。她寻到地窖口,弟弟小狗一样撅着屁股,扒拉着最后几棵白菜。

"你在干什么?"她尖叫起来。

弟弟的嘴一瘪一瘪,"我在找妈妈……"

与格"嗡"一下脑袋大了,地窖里剩下的每一棵白菜,几乎都被弟弟都彻底掰开,一层层不剥到最里面一张叶子不罢休。这意味着接下来的日子,全家也许只能吃白菜干了。

与格丢下面粉袋,一跺脚,拿起擀面杖追着撵着要揍弟弟,弟弟冲出院门,跑去林场寻找爸爸的庇护。他小鸭子一样跌跌撞撞飞奔的背影成了与格心里永远的痛。如果时光倒流,与格只希望能伸出一双巨掌来,生生把弟弟拽回家门。

5

"与格!"

"哐当!"与格手里的白菜心掉在了地上,盘子碎成几瓣。

米戈探起身,进来一个风尘仆仆的大叔,花白的剑眉,依稀与格的模样。他背上伏着一个清秀的男孩,探出头来喊了一声:"姐姐!"

一个鼓鼓的红花布被卷重重砸在地上,大叔好像累得撑不住了,一个趔趄,左膝盖就着了地,背上的男孩骨碌碌摔在地上。

米戈赶紧跳下椅子,伸出手去拉他,男孩没有伸手给米戈,他仰面躺着,露出无奈的笑容。米戈马上看见他底下两截空荡荡的黑裤管,心里一跳,叫了声:"与其?"

男孩惊讶地张大嘴巴,露出一口完美的牙齿,新鲜、有光泽,就像、就像这天蓝的牙医诊所里到处摆放着的白菜心。

那边与格已经把大叔扶起,带着措手不及的神情,"啊,你、你们来了?"

  大叔来不及喘气,先俯身下去把男孩抱起,放在米戈刚刚躺着补牙的沙发椅上,"与其,爸爸对不起你,摔痛没有?"一直伏在与格旁边的小黑狗"呜"地叫了一声,大叔瞟了它一眼,嘴唇突然哆嗦起来。

  与格的眼里要有泪花冒出,她紧紧咬了一会儿嘴唇,向米戈摊开手掌,"借我一下车。"

6

  这家人有点古怪,明明重逢了,好像也没有什么特别的喜悦。大叔背着儿子与其,与格拖着滑轮里的小狗与其,两个人都心事重重,视线一交错就迅速弹开。大叔的腿肚子一直在打战,但他死也不肯让别人搭把手。无奈,米戈只好把父子俩的被窝卷捆在后车座上,一路推着跟在后面。男孩比米戈还小几岁的样子,伏在爸爸背上东张西望,看什么都好奇。

  "与其啊,"大叔疼爱地拍拍儿子,"今天先休息,爸爸这次就是专门带你出来玩的。"

  "我要看东方明珠,我要玩动物园,我要吃冰淇淋,我还

要骑旋转木马……"

"行!行!行……"大叔一下一下点头。

与格住在小区最东的一幢住宅的底楼,住对门的房东阿姨听到动静,开门出来,看见灰头土脸的父子俩,手在鼻子边上扇呀扇。"怪不得闻到楼道里一股汗酸味,"她对着与格说,"哎,我看小姑娘家清清爽爽才租给你的,我可不租给民工的!"

大叔的脖子红了,花白的剑眉一拧,转身问米戈,"小伙子,这里附近哪里有旅馆?与其,我们走!"

与格扯住了大叔的衣角,要哭出来的样子,"爸,你干吗呀?别走!"一边对房东解释,"阿姨,我爸他们是来旅游的,住一阵就走。"

房东瞟着米戈拎着的那个鼓鼓的铺盖卷,说了声,"啊呦,看不出,我还以为是来打工的。"就关了门。

与格的房间很小,四个人一站,加上小狗狗,简直转不过身来,米戈赶紧告辞,与格喊住他,"求你件事……"她还没说下半句,米戈已经抱起小狗,说声,"明白。放心,我现在

的妈妈心肠软得像面团,她肯定可以照顾好它的。"

晚上,最后一个洗完澡的与格看见窗台上一个熟悉的蓝边青瓷盘,里面立着一棵纤细温柔的玉白色白菜心,像一朵盛开的无言的花。"姐姐,我把妈妈也搬来了。真好,一家人又在一起了!爸爸,姐姐,我不是在做梦吧?"与其说完,头一歪就睡着了,嘴角兀自挂着欢喜的笑容。

"爸爸提前退休了!"与格听见爸爸重重叹了口气,沉沉地开了口,"如今没树好砍了,林场里只留了十几个人看着林子不让人砍。爸爸没本事,一辈子只晓得砍树、砍树,还把你弟弟……"

"别说了!"与格的心剧烈地疼起来。"与其——"五年前林子深处那一声声嘶力竭的惨叫再次摇撼得她咯咯发抖。可怜的傻弟弟,明明知道姐姐叫骂一阵也就没事了,却还是拼命往爸爸的工地跑,结果,一棵被锯倒的大树压下来,当场压在与其的身上。

与其瘫痪了,与格哭得简直要断气。爸爸捶着墙壁喊,野兽一样嚎叫,"为什么不是我?为什么是我的儿、我的儿

啊?"突然,他一把拎起女儿,摁着与格的肩膀让她跪在与其的床前,"我肯定没你活得长,与格,你现在就给我发誓,全心全意照顾弟弟一辈子,要有一点半心半意,就天打五雷轰!"老爸的语气神情严厉得让与格难以承受。

她战战兢兢举起手,哆嗦着声音,"我、我发誓……"

以后的几年里,与格自觉自愿地成了一个赎罪的姐姐,爸爸拼命加班赚钱,她从早到晚服侍弟弟。与其成了全家的重中之重,爸爸一攒上点钱就带着与其到处看病。后来爸爸给一张扶手椅加了两个轮子,与格就可以推着与其到处走走了。镇上人常常可以看见一个十六七岁的女孩,穿着大人的衣服,带着一种拉纤般负重的神情推着并不灵活的轮椅和轮椅上的弟弟漫无目的地走来走去。

有一回不知不觉散步到离家很远的另一个镇子,与其突然要尿尿,与格硬着头皮推他到男厕所,在门外闭着眼睛问里面有没有人,很久没声音,与格壮壮胆子进去,突然,一阵恶作剧的大笑炸得她头皮发麻。与格落荒而逃,结果让与其尿了裤子,大觉丢脸的弟弟那天坚决不肯吃晚饭,还说什么以后再不

和姐姐出去玩了，要靠姐姐给把尿，太没面子了。爸爸骂了与格，与格顶嘴说要不是爸爸吝啬不肯买"尿不湿"，就不会发生这档子事。爸爸这下动了肝火，抄起擀面杖就揍，"滚，连弟弟都照顾不好，还要你做什么？"

"滚就滚！"与格含泪看了一眼弟弟，"把我那份抚养费省下来，给弟弟买尿不湿好了！"

爸爸的怒气像一把刀，与格就像一棵白菜被对半再对半剖开，陪伴弟弟一辈子的决心突然就像碎碎的叶瓣一样涣散了。于是与格远远地离开，考到上海一家卫生学校，毕业以后也总是找借口不回家，只是拼命攒钱寄到家里。

爸爸开始态度强硬，她寄去的钱原封不动给退回来，只对她说，"你留着自己用吧，爸爸将来是没钱给你办嫁妆了！"与格很倔，退回来了就再寄过去，一个月一个月地累加着寄。这样的相持大概是经过了一年多，爸爸终于没再退钱。与格又高兴又悲哀，高兴是爸爸终于接纳了她对弟弟的心意，悲哀是这意味着弟弟的病已经让爸爸花完了所有的积蓄。

爸爸是那么固执，爸爸是那样坚持到底的人，他活着的所

有信念就是让与其重新站起来!

　　与格努力地工作,节俭地生活,偶尔她会惶恐,不知道要挣多少钱,才能驱走家里那团灌着铅一样沉重的空气,让像妈妈一样明亮的笑容再次回到他们中间。

　　所以这几年,与格一直在逃避,逃避弟弟,逃避爸爸,逃避那种重得让她喘不过气来的负疚和责任,她脸上渐渐有了笑容,有时竟也能发出从前那种爽朗的笑声。对爸爸,对弟弟,她只有奇怪的感觉,很想念,却没有勇气靠近,好像那个木轮椅的车轱辘,已经深深碾过了她的心,留下一道道暗暗的伤痕。

　　可一个人时,她会盯着窗台上安静淳朴的白菜心发呆落泪,想着一个五岁的男孩,也不知道哪里来那么大的力气和毅力,居然把大半个地窖里的大白菜一棵棵一片片全掰开来看看,肯定是想妈妈想极了想疯了。她收养了一只残疾的小狗,喂养它、爱护它,常常抱着它自言自语,"与其,对不起;对不起,与其……"

7

"闺女,在上海找个好医生,大概需要多少钱?"第二天一早,爸爸急急地问与格。

"像弟弟这样的情况,最好是到专门的康复中心,一边治疗一边进行康复性训练。不过,"与格顿了顿,把声音降低,"费用非常昂贵。"

"先不管要花多少钱。你打听过大约多少时间可以见效?三个月或者半年够不够?"爸爸露出极其迫切的神情。

"这很难说,与其已经瘫痪十年了,身体各方面机能的恢复肯定是个漫长艰难的过程。"与格语气沉重。

"那就让最好的医生给他看,"爸爸取出一个旧旧的黑包,把里面的钱统统倒出来,顿时摊满一桌子,从一百元、五十元到十元再到一元的硬币都有。"我把所有家当都带来了,这里还有你的钱,爸爸对不住你了!"

"爸爸。"与格声音发颤,爸爸看起来又老又瘦,当年自己甩手走了,这些年爸爸肯定吃了不少苦。

"我挣的钱弟弟能花上,就是我最大的幸福啊!"

一滴粗大的泪水落在一枚硬币上,爸爸慌忙摇头,"真是老了,哎,你给数数,够不够?"

大票面的不算很多,与格数了一会儿,轻轻摇头,不过马上故作轻松地笑道,"没事,再过一年我就可以转为正式医师了,到时我开个诊所,就可以赚更多的钱了。爸爸你就放心吧。"

"爸爸真的不想拖累你啊,闺女。"一大朵乌云层层渗进他脸上纵横的沟沟壑壑里。"爸爸!"与格涨红了脸,"不许你这么说!"

爸爸说要带着与其出去兜兜,与格想到要买个轮椅,爸爸坚决阻止了,说什么钱还是要花在刀刃上。他让米戈带着到旧货市场走了一圈,结果被房东拦在门外不许进屋,理由是他们"扛了一堆破铜烂铁"。

一个下午,米戈着迷地看着与格的爸爸在楼道外边敲敲打打,他那好心的妈妈送给与格爸爸一把半新的电脑转椅,傍晚的时候,一辆改装的轮椅赫然出现在大家面前,连那个很势利的房东也看傻了眼。与格的爸爸很细心,特意让个子和与其差

不多的米戈在上面坐了坐,仔细调整了坐垫的高度,又在上面挖了一个圆洞,下面套了一个马甲袋。

"这干什么用的?"

"与其很难控制小便,外面的厕所又好难找,有时找到了也没有给瘫痪病人专用的坐便器。"

"喔。"米戈很感动地点头,他自告奋勇提出要当父子俩的导游。

"不、不用了!"与格的爸爸沉思着摇头,"你只要告诉我哪些地方最热闹就行了!"

父子俩每天灌两大可乐瓶的白开水,带几个面包或者包子,早出晚归。父子俩每天回来都很累的样子,米戈和与格说起这事,与格笑笑,"爸爸就是那样的人,只要想干一件事,就很拼命,哪怕是玩。爸爸是想好好弥补弟弟十年待在家里的寂寞吧?"与格在诊所里加班加点,爸爸的一席话,让她决心更拼命地工作,把赚钱的速度加速再加速,所以也就根本无暇陪他们出去玩了。

米戈没有告诉与格,他爸爸悄悄托过他妈妈给他随便找份

活干,哪怕扛大包。米戈妈妈带他去过几个地方,人家一看他花白的头发,不自觉发颤的手,马上一口回绝。

大概是看看找工作没什么希望了,与格爸爸索性放开带着儿子痛痛快快玩了。

可是父子俩每天回家,脸上都没什么笑容,爸爸这样还可以理解,可与其应该很开心的呀,这次他实现了多年以来的愿望。米戈开始想不通了……

8

六月的第三个星期日,米戈买了一份《完全周末》,一边走路一边哗啦哗啦翻看,突然里面掉下一张深米色的卡片,正面写着几个挺拔的大字——父亲节快乐。以前,米戈还从不知道这个节日呢。他脑子里冒出一个念头,不如送给与格吧。

诊所就开在小区里面,米戈很容易就找到与格。正好暂时没什么病人,与格很高兴地收下了米戈的卡片,一边翻着报纸一边说,"呀,全是父亲节的内容。这个美眉好有钱,居然要送老爸一块几万块的劳力士表。呵呵,待会儿下班,我给爸爸

做一锅他最喜欢吃的白菜猪肉炖粉条,十二块就搞定啦……"话音刚落,与格的手突然发抖了,紧接着手一松,报纸落叶一样撒满地板。

两张熟悉的脸容出现在某个版面的头条,标题那么触目——《我拿什么拯救你,我的儿子?》。

米戈匆匆扫了几眼,也呆了,那则报道分明写着一个已经花尽所有积蓄遍找工作无着的外地爸爸推着瘫痪的儿子,有尊严地乞讨,他要为儿子挣得未来的健康!

一声哽咽,终于从与格的喉咙口冲出来,"我去找他们!"

一辆车撵着另一辆车,米戈紧紧跟着与格后面,她失控的样子让米戈有点害怕,说不出是恼怒,还是伤心?

终于,米戈追上了与格,拦在她车头前,"你最好还是跟着我吧,你爸爸问过我哪几个地方最热闹。"与格想了想,虚弱地点头:"好,我跟你走!"这是她第一次不用姐姐般居高临下的语气和米戈说话。

找到第三个地方,香港名店街附近的地铁口,爸爸正端着

一搪瓷碗的水要喂与其,与其把头扭开了,用手指指放在他脚边的那盆从东北老家千里迢迢带来的白菜心。爸爸蹲下来一点点浇上去,父子俩都咧嘴笑了,笑容一模一样。

"为什么?"与格痛心的声音,突然插进父子中间。

爸爸手足无措,站在那里,粗大的汗珠一颗颗冒出来。

"你没看到我在拼命工作么?爸爸你为什么要这么做啊?"与格的泪珠也一颗颗冒出来。

"没时间了!"他喃喃念叨着,"爸爸是因为实在等不及了才这么做的呀!"

"十年都等了,你就不能再等一年?"与格的声音因为恼怒而变形,"爸爸你知道这样做等于什么?等于在打我的耳光,啪、啪、啪!"

与格的每一字都好像抽在爸爸脸上,他哀伤地抖动着嘴角,说不出话来。

"姐姐,不要怪爸爸呀,是我自己愿意的!"与其恳求地摇着与格的胳膊。与格低头,一把扯下挂在轮椅靠手上求助的标牌,推着与其疯了一样跑离那地方。与格跑跑跑,直到双腿

好像不是长在自己身上了一样,还在继续跑、跑、跑……

"姐姐,姐姐!"与其害怕地叫着,与格只当没听见,她完全被一种难以名状的羞愧控制了,只想远远地避开人群。

"爸爸快死了!"突然,与其的嘴里发射出一颗子弹,在与格的耳边呼啸着炸开。

她终于刹住脚步,不能置信地颤抖着,像蘑菇云下一座仍在摇晃的废墟。

"本来我死也不肯答应做这样的事情。爸爸哭着跪在我身边说真的来不及了,他已经肝癌晚期了。想到将来要把就这样毫无自理能力的我扔给柔弱的姐姐,爸爸就心如刀割。我说那么爸爸就带我一起去找妈妈吧,爸爸第一次揍了我,'与其,我们不能扔下你姐姐一个人懂么?所以你要答应爸爸,只要进了康复中心,就努力拼命地好起来。记住,唯一能让姐姐幸福的办法就是你最大限度的康复!'"

泪水暴风雨般噼里啪啦砸下来,与格张大嘴,抱着弟弟大哭起来,"哦,爸爸,爸爸。哦,与其,与其,你怎么也这么瘦?这两天你们吃什么?姐姐都没空管你们,放在桌子上的菜

钱怎么只花掉一点点?"

"还好啦!"与其很轻松地笑着,"老爸说这里人好浪费,很嫩的白菜叶子都扔掉,他就捡回来了。鸭壳子也很便宜,三块钱一斤,撒了五香粉很好吃,爸爸放点白菜、粉丝一起煮,我一口气能吃两碗。"

悄悄追上来的米戈和与格爸爸一直站在姐弟俩的背后,听着听着,米戈的鼻子也像被人打了一拳似的,他一个劲地吸鼻子,在眼眶里兜兜乱转的眼泪才没掉下来。

与格眼睛红红地走向爸爸,一下一下捶着爸爸,"不许走,我和弟弟都不许你走!"

"噢,噢!"爸爸把女儿搂在胸前,慈爱地拍着她的背。与格哭得像个撒娇的小婴儿,泪水鼻涕水濡湿了爸爸的胸。她真的已经记不得爸爸有多少年没有这样抱抱她了。

9

"对不起,已经快关门了!"

"可今天不是环球嘉年华的最后一天么?"与格懊丧地跳

着脚。

"那就等待下次的机会了!"看门人耸耸肩膀,这个老外,讲一口很流利的中文。

与其用眼睛无比渴望地张望着里面各种各样华丽到炫目的巨大的游戏设施:最后一班音乐速递的车子正随着强劲的节拍以每小时四十五公里的速度转动;灵异火车在漆黑里行进,尖叫声一浪高过一浪;极速大风车在将近二十米的高空翻转、扭动、转向、摇摆和滚动……

"你敢不敢玩?"米戈低声问他。

"我敢,我敢!"与其热切地叫着,眉毛也像小蝌蚪一样游动起来。

他叫得那么响亮,看门的老外不由看了一眼这个坐在一辆看上去有点奇怪的轮椅上的男孩。他眼睛惊奇地一跳,"你是——?"

"啊,认出来了,你是报纸上的男孩。啊,还有你那个了不起的爸爸!"老外的蓝眼睛放出柔和的光泽。

"你能让我儿子进去一下吗?哪怕只让摸摸也行。他想了

整整十年的旋转木马啊!"与格的爸爸开口请求道。

"为什么不可以呢?"老外摆了一下脑袋,大门顿时洞开,米戈推着与其冲锋在前,与格兴奋地一把抱住了爸爸。

"父亲节快乐!"背后一声暖暖的祝福,随风荡漾在每个人的心间。

灿烂的夜色里,旋转木马的灯光哗一下亮了起来,发出五色的光芒,旋转木马伴着一首活泼的音乐声缓缓转动起来。

看着旋转木马周围五彩缤纷的光环,与其呆住了。与格上前拉住他的手,感觉弟弟在快乐地颤抖。与其眼睛睁得大大的,"啊爸爸,啊姐姐,我是不是在做梦?"

爸爸把与其抱上木马,转身又一把抱起与格,"去玩吧,我的小公主!"那段短短的路程,与格一直紧紧搂着爸爸的脖子。与其坐在最前面,轮下来是与格,米戈殿后,他们在那首熟悉的曲子里快活地上上下下,快活地大声哼唱:

爸爸爸爸爸爸爸爸亲爱的爸爸/爸爸爸爸爸爸爸爸慈祥的爸爸/他满口没有一颗牙满头是白头发/他整天嘻嘻又哈哈活像洋娃娃……

　　爸爸爸爸爸爸爸爸亲爱的爸爸/爸爸爸爸爸爸爸爸慈祥的爸爸/他昨天教我种花今天又挂花/他整天忙忙又碌碌全为我长大……

　　午夜的旋转木马,与其和与格,都让米戈觉得像一场梦。等他三天的终考结束,提着妈妈裹的蛋黄粽子去找与格一家,发现已经人去屋空,窗台上那棵从东北带来的水灵灵的白菜心底下压着一张纸条——

　　米戈,考试还算顺利吧?你考试的这几天我也没闲着,给弟弟彻底清洁了牙齿,给爸爸做了两颗白齿。你不知道,爸爸埋怨我浪费钱,他用不了多长时间了。我哭了,一边哭一边下了一个很大的决心:我要和爸爸和弟弟一起要搬回白菜心的故乡去住,他们都很想念那所曾经被妈妈摆满了系着红丝绳的白菜心的幸福的小屋子,那里才是我们真正的家。米戈呀,在我离开的日子里,记住天天刷牙,记住我教你的刷牙方法,还要记住给我的白菜心浇水喔!

好朋友与格上

10

米戈再没有与格一家的消息,那棵白菜心经过了夏天、秋天,到冬天的时候,开始发黄,再多清水也挽不回的枯萎。米戈的心沉沉下坠着,好像预感到了什么。可是他一直没舍得扔掉与格送的、与其和他的爸爸千里迢迢从东北带来的这棵白菜心,时不时给盆子换水,就当它还活着一样地养着。春天来临的时候,有一天,在窗台浇水的妈妈突然惊喜地叫起来,米戈冲过去一看,枯萎的菜心里,两小片嫩得透明的芽正努力地探出脑袋……

这天放学的时候,米戈经过那家天蓝的牙医诊所,习惯性抬头,猛然跳起来,窗台上,消失许久的白菜心又出现了!

他一头冲进去,诊所里静悄悄的,一个男孩正埋头雕着一棵莹白的植物,窗台、茶几、器械柜,只要有平面的地方,到处搁着大大小小养在清水里的白菜心,比一年前更加千姿百态、楚楚动人。

"与其!"米戈欢叫着,男孩竟然立起身子,拄着一根拐杖径直走过来。

"啊，与其，你、你真的好多了？"米戈更加惊喜地大叫，"与格呢？"

"当然好多了，我现在都可以当姐姐的下手了！姐姐——"他朝着里间叫了一声，"看看谁来了！"

与格走出来，她剪了短发，穿着短袖的天蓝医生制服，模样成熟甜美。她大踏步走过来，捏住米戈的下巴，毫不含糊地命令道："张嘴，让我看看，你有没有听我话认真刷牙？"

"刷了，当然刷了！"米戈突然想起什么了，飞快地转身，眨眼又回到与格的诊所，手里多了一只熟悉的瓷盆，一株冒出了两点嫩芽的白菜心。

米戈小心翼翼地把它放在窗台，"看呀，连你交代我的那棵白菜心我天天浇水，本来以为它熬不过冬天了。没想到天气一暖和，枯萎的老菜心里又发出一对新芽哩，简直是奇迹！我就有预感，你们俩要回来了。"

与格与其十指相扣，露出大雨过后彩虹般湿润明亮的笑容，姐弟俩忧伤又快乐地注视着窗台上那棵年代久远、仿佛已经拥有灵魂的植株，无言的花，清澈的心，爸爸现在和妈妈一

起住在了白菜心的灵魂深处,正在窗台上注视着姐弟俩相依为命的生活哩。

一定要幸福喔

透过"北极星"的那扇玻璃门,看得见里面挂着不少超大T恤,还有各式长围巾,是今年最最流行的款式,可以在脖子上绕上N圈再挽个松松垮垮的结。不过把米戈从街对面吸引过去的,是悬在橱窗里的几条化纤面料的肥裤子,赤、橙、绿、蓝,统统做成闪光效果,眩得像彩色灯管。

三步两步穿过车流,米戈兴致勃勃推门,一只脚才跨进去,忽然一个趔趄。

"啊呦!"没注意门下还有两步台阶,他一下踩空,迎面撞着一个人。那家伙正要出门,低着头,眼睛被牢牢吸在手里的一沓明星画片上。

画片撒了一地,米戈收不住脚,大脚掌盖下去,咦,脚底软绵绵的?那家伙居然奋不顾身,眼疾手快,生生地把手垫在

画片上面。

"对、对不起!"米戈语无伦次,眼见得一只柔嫩的手背迅速红肿起来,碾过一排轮胎花纹的鞋印。

对方哼都不哼一声,只顾着飞快地拣拾,米戈赶紧帮忙,他拿起一张画片,上面是个黑外套、紫色樽领衫的帅哥,神情迷离,忧伤雾一般弥漫整张面容。

"看什么看!"对方上来"刷"地抽过米戈手里的照片,嘟起嘴唇,轻柔地吹去画片上的灰,"算你走运!"她慢慢抬头,用那种可以杀死人的眼神,咬牙切齿地说,"要是你真踩脏他的脸,哼哼……我就杀了你!"

好熟悉的声音,一模一样的语气,一模一样的话,甚至,画片上的那个人也是一模一样。

"秀、秀筑,是你么?"稍微迟疑几秒钟,米戈叫了出来,对方的名字。

她的样子有点变了,散漫的卷发,弄乱了遮住半边脸,连身裙下加条长裤,戴米色韩国帽和火红色的围巾,俨然一副街头最哈韩的少女。只有嘴唇,还是那种有点苍白的红。

"是你?"她掠开一绺金黄的刘海,"还是这么不长眼睛啊?"

"喔,跳窗的家伙,还是这么吓人,碰都不许碰他一下,你的Kangta?"米戈指指那沓安七炫的精美画片,此刻,正被她紧紧按在自己的胸口。

语音教室里,英语听力考试开始,厉Sir摁下按键,所有人几乎屏着呼吸,仔细捕捉耳机里老外的发音。

"交卷!"秀筑突然举手。

"录音还没放完呢……"厉Sir以为自己耳朵出问题了。

"我已经做完了!"秀筑高高举起答题纸,果然,每道题目下的墨团团全部涂好。

"什么!"厉Sir关了放音开关,跑到她位置旁边,考试暂停。

"A,你全选A?"厉Sir皱起了眉头。

"要是有T的话,我一半选T!"秀筑站起来,飞快地收拾桌子上的东西。

"T？"上外毕业的英语高才生厉Sir，居然露出头一回听说的白痴表情。

"你当然不认识炫？"秀筑自顾自背起包，"交卷了我可以走了吧？"

"不许走！"厉Sir的脸红了，把她摁回座位。

"老师求求你，我、我真的有急事！"秀筑立刻弹簧一样立起来，看看腕表，"来不及了来不及了，《北极星》首发式马上要开始了！"

"谁，谁的首发式？"厉Sir侧过脸问她。

"安七炫，我的Kangta啊。"秀筑的声音又尖又亮，"他对我太重要了，我怎么可以不赶去支持炫呢？这可是H.O.T演唱组解散，我的Kangta单飞以后发的第一张CD，早上就在'黄金海岸'首发，听说前五十名买正版CD的，都能得到炫的亲笔签名！"说着说着，秀筑的眉眼不禁轻舞飞扬起来了。

厉Sir打量了一会儿穿着超大T恤和肥裤子的秀筑，转身自言自语，"你的Kangta，你的Kangta？"她跑去门口，重重

把门关上,厉声回答,"你给我待着,不许再扰乱考场,学校规定半小时后才能离开!"

"怎么可以这样?"秀筑绝望地呻吟了一声,倒向座位。米戈坐在她旁边,不时瞄瞄,那家伙坐立不安,痛苦地挨着每一秒钟。

"借光!"秀筑突然一跃而起,跳上桌子,没等米戈反应过来,她已经站在他的桌面,一推窗子,小猫一样敏捷地跳了出去。

一教室的人都傻了,谁也没注意,一个透明的信封从秀筑的包里掉出来,划了一道弧线,掉在靠窗口位置的米戈脚边。

"不要再回来了,你永远没有补考的机会了!"厉Sir气坏了,冲着秀筑的背影大叫大嚷。

"为了炫,不管啦!"米戈看着秀筑头也不回,欢叫着,超音速般穿过教室窗外的操场。

刚刚听完余下的录音,"砰",门被推开了,一教室的人又一次目瞪口呆,是秀筑,气喘吁吁,惶惶无助。

"出去!"厉Sir脸色铁青。

"不见了!"秀筑失魂落魄,低着头在桌子的走廊间来回穿梭,"一定丢在这儿了。"

"这里不是你想来就来,想走就走的地方!"厉Sir喝道。

"我找到炫马上就走!"秀筑哑着嗓子,"你们有谁拣到了我的Kangta,一沓呢?"

大家面面相觑,一头雾水。

秀筑干脆趴在地上,长发遮了她的眼,"Kangta,在哪里啊?我一定会找到你的,一定!"她不住喃喃地说。

几十个人都安静下来了,包括厉Sir,迷迷惑惑地看着秀筑伤心着急,却不知她在找什么。

"把脚抬起来!"秀筑突然指着米戈,米戈膝盖一抖,依言而行,脚板底下露出一张俊秀男生的脸,正是秀筑的Kangta,安七炫。

秀筑飞身过来拣了,是一沓装在透明玻璃纸封里的明星画片,她用袖管拼命拼命擦。

"算你走运!"她慢慢抬头,用那种可以杀死人的眼

神,咬牙切齿地说,"要是你真踩脏他的脸,哼哼……我就杀了你!"

"跳窗"事件发生以后,任性的秀筑对爸爸宣布:"我不想学英语了,我要改学韩语。"

"什么?"她爸爸很吃惊。

"我要去汉城!"她眼神灼灼地宣布。

"那么巴掌大的地方!"身为"海归"派成功人士的秀筑爸爸,对此自然不屑一顾,"你还是给我先把英语学好了,然后再学法语,将来伦敦巴黎随便你挑……"

"我只想去韩国!"秀筑打断了他爸爸,坚定不移地说,"除了韩语,别的都免谈!"

"你想干什么?"

"我想去见Kangta,我想面对面和他说话,畅通无阻地交流……"

"断了这种念头吧!"爸爸的脸上蒙上了一层霜,"我和你们学校打过招呼了,你写份检讨,向厉老师认错,还有补考

的机会。"

"决不,我要学韩语,再难我也不怕!"

"我再不能纵容你发痴了!"秀筑爸爸怒气冲打开女儿房间,卷走墙上的招贴,枕头下的画片,Diskman里的唱片,桌子上的相架,沙发上的杂志,抽屉里的剪报,最后一把扯下安七炫头像的手机链。秀筑拦也拦不住,发怒的爸爸狂暴得像龙卷风,不可阻挡,所向披靡。

"做梦去吧!"跟着爸爸的一声吼,秀筑眼睁睁看着她那些无比心爱的宝贝飞出窗外。

那天,秀筑差一点像一只鸟,跟着她所有积攒的关于安七炫的点点滴滴的宝贝,从二十四层高的房间里飞出去。

后来,不止厉Sir的课,秀筑把所有的上课时间都用来画美少年,那种缠绵清秀的男生,长着斜插入鬓的细长眼睛,还有长生不老的眼神。

不止英语,其他一门门功课,渐次亮起了红灯,直到最后一门——语文。

秀筑的作文向来是语文老师的最爱,她有那种天分,用看

上去漫不经心的语调,一笔笔越来越深越来越浓地煽动起阅读者的感情,而且从不跑题,堪称应试作文和少年随笔完美结合的典范。

不过她还是放弃了。

语文老师把她爸妈请去,请他们看秀筑的期末试卷,正面一片空白,背面密密麻麻的字,一段一段的,还有铅笔画,一个长着斜插入鬓的细长眼睛的少年,长驱直入地注视着你。

秀筑写道:

你们不知道我每天早上第一件事是去浴室。

洗得干干净净穿得漂漂亮亮,对炫说早安,我上学去了,一起加油啊。

你们不知道我每天晚上做的最后一件事:从1数到100。

然后微笑着对炫道晚安,明天见,我又长大了一天,离你更近了。

你们不知道我睡觉,整个晚上保持一样的姿势,不变。像他一样。

我猜大概我们都是忠贞不贰的人吧。

我不吃胡萝卜，因为炫讨厌。

炫讨厌被人说是没用的人，我忍不住自卑，觉得自己没用。

好像觉得，这辈子都没有追赶上炫的希望了。

偏偏越自卑就越汹涌，秀筑真是讨厌自己啊。

我一直都是傻瓜，等待炫就是我的全部。

我不怕所有人知道我喜欢H.O.T，我爱Kangta。

他们都说喜欢是不等于爱的，特别是在我这个年纪。

我想死，自从看着炫的一切从高空坠落。

我的房间里已经一片空白，再没有炫可以说早安晚安。

好像觉得生命没有了开始和结束。

我想死，每次我把手靠在耳旁，我可以听见，真的可以听见，血液迫不及待想要流出血管，汹涌而出的声音，我听得见。

可是每次,我到底忍住了那样消极的念头。

我不甘心还没有去韩国,我不甘心还没有见到Kangta就消失了。

所以我逼自己就这样生活下来,只是为了炫。

虽然我不一定能去韩国,但我知道,只要我活着,就一定有希望。

真的,一直是这个在支撑我生活下去。

我不知道我在做什么。

我还是个孩子。

我只是个孩子。

这不快乐的日子啊……

爸妈回家,爸爸把那些文字交还给秀筑,一字一句问:"可是真的?"

秀筑点头,一下一下,很重,泪水挂满睫毛。

"看看你都说了些什么话!Kangta对吧?很爱他对吧?你有没有认真地想过啊,你到底爱他什么?有些东西禁不起记忆的沉淀。也许你现在很难忘掉吧,人都是有这么一个过程

的。但你如果要为这些不成熟的想法而伤害自己的话,实在不值啊!"

"何苦呢?"秀筑的妈妈也哭了,"你还只是个孩子。"

"我觉得值得,为了炫什么都值得!"秀筑死不悔改地决绝。

"我不管你了,读什么书,念什么外语,喜欢什么人,你自己对自己负责就好。以后的路你自己走,你要去韩国我也不会帮你!"爸爸一下子老了几岁,一边说,一边摇头叹气。

"这样就够了,很好了,谢谢爸爸,谢谢!"秀筑一下下点头,泪流满面。

"真的要走呀?"米戈看着秀筑收拾桌子,小心地用指甲尖尖抠下桌角Kangta的一张粘纸。

"念不下去了呀,所以干脆转去华山美校念卡通,那里不用晚自修,所以还报了个韩语初级口语班。"她倒是一脸轻松。

没什么女生送她,班里的女生几乎个个喜欢H.O.T,里面绝大多数又是安七炫的Fans,剩下的没几个喜欢那个Tony文熙俊。而秀筑的行动表明,在热爱Kangta这件事上,谁也比不上她,她们也只有酸酸的嫉妒或者自叹不如的分了。

只有几个男生送她,走到一半,秀筑这家伙突然拿出一面小镜子,直直照着米戈,说:"知不知道你很像动画书的男生。如果你留一头长发,奔跑时哗地散开,肯定迷死人!"

米戈吓了一跳。"哦哦,就让帅哥送你吧!"其他几个嘻嘻笑着跑开。

秀筑叹气,收回镜子,"可惜你再帅也不是炫,在我眼里,他就是这个地球上硕果仅存的帅哥,美得不食人间烟火的男孩!"说完,她飘飘然走在了前头。

公车站上,秀筑忽然提出一个古怪的请求:"米戈,待会儿等我上车了,车开了,你不要马上走开,你骑着车子再追我一段好不好,好不好?"

车子启动,米戈迟疑了一下,还是蹬着车轮撵了上去。车后的尘土飞扬,他卖力地追赶,风在耳边呼啦啦呐喊,一刹

那,有点热血沸腾的感觉。秀筑整个身体贴在后车窗,拼命地摇晃着手,一遍遍喊着一句同样的话,因为唇形一遍遍重复着同样的变化,米戈数得出来是四个字的一句什么话。直到她泪流满面,蒙住了脸,米戈忽然醒悟过来,停顿下来,喃喃地拼凑出那显而易见的四个字:"炫,我爱你!"

就像,就像某出偶像剧里的场景。

"不可救药的家伙!"米戈流着汗摇头,耳边响起刚刚秀筑清脆的声音,"喔,再见了,米戈。米戈我们还会不会再见呢?我觉得会的,一定会的!电视里就常常发生这样的事,N天N月N年过去了,以为再也见不到了的两个人不小心又撞到了一起,女孩抱在怀里的东西撒了一地,她睁大眼睛张开嘴,一抬眼,喏,就像这样,"她一边说一边眼睛盯着米戈的眼睛看,"就这样撞在一起了,没有理由,没有前兆!"

一年零一个月过去了。

没有理由,没有前兆,他们真的撞到了一起,秀筑这家伙为了炫,还是那么奋不顾身,脱口而出的,还是那么剧烈的

话。

"米戈,来得正好,你有多少钱,统统借给我好不好?"秀筑紧紧抓住米戈细长的胳膊,就像抓到一根救命稻草。

"要、要干什么?"米戈有点反应不过来。

"快!快!!再晚说不定就给别人买走了呀!"她直跳脚,"我一定还你的!"

"噢!"看她十万火急的样子,米戈赶紧掏口袋,角角落落里的硬币都搜出来了,一共六十三块八毛!

"谢谢,米戈,你真是又帅又好心!"秀筑勉强笑笑,一边把钱塞还给米戈。

秀筑返身走到墙边的一个陈列架,小心翼翼取下一本贼沉的大书,轻柔地抚摸着,眼神却是热的,热烈到沸腾,"看啊,Kangta的原版写真,居然被我找到了!"

"现在市面上也没几本!"店主看上去像那个港星陈小春,顶着一头稻草颜色的头发,"嘿嘿。还有Kangta的裸照呢!"他取过来哗啦啦找起来。

秀筑的脸红了,跳到一边:"瞎说,炫决不会拍那种东东的!"

"哈,那个万人迷小婴儿的时候,看起来也没什么明星相嘛。"米戈和"陈小春"一同咕咕笑。

"我去拿钱,五百五对不对?"秀筑急急打断他们。

"快点啊,早上还有个小姑娘拼命问我什么时候有货。"

秀筑呆了一呆,"是不是眉毛拉得很开,胸口挂着一个红颜色手机的?"

"对啊,好像叫芬妮什么的。只要和安七炫沾边的货她都买,人很爽气的,价也不还,拿了就走!"

"拜托了,你一定给我藏好,千万不要买给她!"秀筑深深给那个"陈小春"一鞠躬,"我保证很快回来!"

看来是个很严重的对手,秀筑脚步飞快,简直争分夺秒,米戈一路小跑,才跟上她。他们来到一个自动取款机前,秀筑塞进去一张卡,米戈自觉退后一步。

"对不起,您的信用卡已经超出透支限额!"屏幕上无情

地打出那么一句话,跟着信用卡马上被吐了出来,秀筑沮丧地垂下了脑袋。

马上,她振作精神,拨了一个手机号码,"爸爸,我没钱了。知道这个月领钱的时间没到。可我有急用啊,真的,你先打给我卡里六百块,我打工还你好不好?我要买本书,很贵的书,你不相信?真的很贵的啊,因为里面全是铜版纸印刷的照片。是,是Kangta的照片,我一定要买下来的。你说不行?好,好,你不要后悔!"

秀筑仰头看天,很绝望的样子。

"不要紧吧?"米戈拍拍她。

"我知道怎么办了!"她突然兴奋地握握拳头,"米戈,不用跟着我。你要帮我的话,只要做一件事情就好了,回去守着Kangta的写真,不要给那个芬妮抢走!"

也不知道过了多久,米戈一抬头,看见秀筑从Taxi里钻出来,影子一样飘进来,不止嘴唇是白的,脸也是白的。

"你、你没事吧?""陈小春"有点害怕。

"给你!"秀筑摇摇晃晃的,指缝里漏出几张大票,

"现在,我可以拿走了吧?"

"五百够了!""陈小春"自动降价,赶紧把那本厚重的漂亮写真交给秀筑。

秀筑摇摇欲坠,那本书在她怀里,抱都抱不住的样子。米戈搀她坐下来,"你不舒服?"

"陈小春"端来了牛奶,还有巧克力,"吃点吧,给他们抽了多少血?"

"不多,200cc。"秀筑低头吮了几口吸管里的牛奶,掰了块巧克力丢进嘴里,"还好,Kangta的书你给我留着。"说着闭起眼,靠在墙边休息。

"你、你不要命了?"米戈失声叫起来,他转脸盯着那个"陈小春","吸血鬼!"

"不要骂他!"秀筑睁开眼睛,稍微有了点血色,"我自己心甘情愿的!"

老妈的眼睛在米戈身上打了几个来回,然后开口:"有个女生,不知道打了多少通电话找你。"

话音刚落,电话叫起来。"哈,又来了,五分钟一个!"老妈激动起来,"米戈,是谁?"

"我怎么知道?"米戈嘟囔着,拎起话筒,"喂——"

"Kangta要来上海了!"劈头就说那样的话,不是秀筑还有谁。"米戈你是不是有个表姐在电视台,她可弄得到见面会的票子?"

"你说蓝菲琳呵,她只不过是个化妆师。"

"我出钱买好了,多少钱我都愿意!"

"别!"秀筑上回卖血的样子在他眼前一晃,米戈叫起来,"我试试看,不一定有把握的!"

"票子是弄到了!"米戈话没讲完,那边的一声尖叫,差点掀翻屋顶。

他把听筒拉远了,隔着一尺的距离继续说话:"不过蓝菲琳只能搞到外场票,要提前到星光会场排队领号码,前面多少多少号才能进场的。"

"我们分别出发,我马上过去排队,米戈送票子过来,打

的好了,我报销!"

"什么呀,见面会不是明天九点么?"

"嘟——",秀筑已经迫不及待扔了电话。

老远就见到那家伙立在星光会馆门口的台阶上,拎着一袋子的吃食晃悠晃悠。

米戈左看右看。"别看了,我是第一个!"她跳过来,摊开掌心,"给我票子!"

"太夸张了吧?"米戈说,"明天早点来不就得了!"

"不行!"秀筑摇头,"到时人山人海,有票都不一定进得去。"

"到了深更半夜,你就不怕遇到坏人?"

"放心,到时,这里肯定不止我一个人了!"

"那我走了?"米戈试探着问。

"行!"秀筑抱膝坐在台阶上,一副落地生根的样子。米戈走了几步路,又折回去,"你真的打算通宵排队?"

"你走吧!"秀筑眼皮也不抬,眼睛被那本Kangta的写真集子牢牢吸住了,"有它陪我就成!"

米戈回家,吃饭、做作业、看电视、洗澡,做什么事情都心神不定。秀筑那种为了Kangta什么都可以豁出去的样子,不知为什么,让他心里特别不踏实。整个晚上他的心里一直回旋着一个问题,"不知她现在怎么样了?"

等到爸妈的鼾声此起彼伏,他悄悄套上了衣服,又带了件带帽子的牛仔衣。

一个男孩,在午夜的街上狂奔。

台阶上下已经零零星星围了几堆人,有比秀筑更小的女孩,套着印着Kangta头像的圆领绒衫,缩着脖子,一阶一阶跳上跳下取暖。

秀筑埋头在弯着一根细细的铁丝,听到米戈叫她,很吃惊,手一抖,铁丝划破了手指,"啊呦!"她叫起来。

"你在干什么啊?"米戈坐到她旁边。

她吮吮手指,开心地拎起一根皮绳子,"就差一个字母了!"

米戈无声地拼写——

"Kangta You are my whole life"。

秀筑笑了,"呵呵,还好没忘掉English,韩语可没法用彩色回形针做出来!"

皮绳子在她脖子后打了个结,正正好好垂在心口的位置,煞是醒目。"哪怕他多看我0.001秒,也是幸福的!"她又吮吮手指,笑得那个甜哦,好像那是一根棒棒糖!

两个人背靠着背,秀筑身披米戈的牛仔服,心情好极了,叽叽咕咕说个没完没了——

现在每过去一秒我欢喜多一分,因为和炫又近了一秒钟呵。

我的房间里贴满了炫的相片,我收藏了炫的所有碟片和资料。

韩剧着,生活着,我想去汉城,那里的街道有点灰,像是用碳素铅笔画出来的,炫就经常出现在这样的背景里。

我很喜欢韩剧里的那些场景,我想牵着炫的手,突然就放开了,掉头狂奔。

我想爬上高高的人行天桥,大声地喊着炫的名字。

我想在大雨如注中被他凝视着,炫的眼睛是一块磁石,把我牢牢地吸进他怀里。

我无数次想象着这样的情景,泪、流、满、面。

我想修改我的鼻子,像他一样挺拔,我想把我的双眼皮变成寂寞的单眼皮。我一点点地修改我的容颜,直到和他梦想中的那个女孩一模一样。

他们都说,像安七炫这样的人,是上帝专门制造了来被人爱的少数人,他们身上集中了人类少有的梦想的容颜和气质。他们注定是要被爱包围被爱淹没着。

我猜想,我也可以几乎肯定,被太多人爱的人,他也许没有爱人的能力。他到这个世界上来,只是被人爱的。

有的人,是专门被人爱的。而大多数人,生来就是要去苦苦爱人,不求回报。

这个世界上,才有了太阳一样的偶像,和蚂蚁一样卑微的Fans。

米戈,我是这样可怜的人,我是这样幸福的人。

他们都肯定地预测:秀筑,你会很快忘了他。

我不知道,梦想的年纪里,我只是需要爱一次,释放一次吧,不管对方是谁。遇上炫了,就是炫了,死心塌地。

秀筑的声音,宛如露珠,一滴一滴,滚动在渐渐放亮的清晨里。

天光大亮的时候,星光会馆门前,居然聚集起了密密麻麻的人。秀筑如愿以偿,拿到了一号。

"喂,把你的号码卖给我怎么样?"一个眉眼拉得很开的女生,拦在秀筑面前,手里转着一卷纸币,气势很嚣张。

"芬妮,你做梦吧?"秀筑推开她的手。

"我不缺你们那两号!"芬妮得意地说:"三号到六号我都包了,我的花篮都占一号呢!"

米戈和秀筑看见芬妮身后有两个跟班,抬着一只巨大的花篮,插满深粉色的花,看起来美不胜收。

"这是木槿,Kangta最最喜欢的花你不会不知道吧?你带了什么给Kangta啊,让我们见识见识怎么样?"芬妮一把

抓住秀筑的胳膊。

秀筑掏出一卷小小的糖,淡灰蓝的薄荷糖,非常非常清爽的颜色,"听说Kangta唱歌太累了,声带结节。"

"太好笑了!"芬妮和她的跟班咯咯笑起来,"这种破东西也送得出?"

秀筑甩了芬妮的手,跑开了,米戈听见芬妮在他们背后叫:"喂,那本写真卖给我怎么样?我出一千,你也好买样像样的礼物送给Kangta啊!"

不到八点半,星光会馆门前已经人山人海。秀筑有口无心地咬了几口巧克力,往垃圾桶里一塞,"哦,我什么也吃不下!"

门才打开一条缝,歌迷们就像一群失去理智的动物,疯狂拥挤。米戈张开双臂,殿后,秀筑高举着两张票子冲锋,他们费了老大的劲才进了门。

看到控制的人数差不多到了,保安断然关门,突然,一个挤在最靠门的女生叫着"放我进去",一头撞在门框上,鲜血

顿时汩汩流出。保安手一软,门被挤开,后面的人潮水一样跟进。

场面失控,膀大腰圆的保安一时也奈何不得,会馆里顿时挤得扑扑满,Fans们齐声喊着心爱的Kangta,尖叫声此起彼伏。

中央的台子上空无一人。音箱里放着《北极星》,Kangta缠绵深情的歌声一次次响起,安抚着Fans们焦灼干渴的心。

秀筑一遍遍跟着唱,唱到喉咙沙哑。

半个小时过去了,一个小时过去了,安七炫还是没有现身。

有人开始踢台子,发泄着失望,还有女孩哭起来。

秀筑咬着拳头,不停地咕哝,"会来的,一定会来的,Kangta一定不会让我失望的。"

舞台暗下来,想起了一个温柔磁性的声音,歌迷几近疯狂,原来是安七炫的录音。

米戈听不懂他的韩国话,亏得秀筑做了同声翻译,她的韩

语真的学得很棒呢:

"我是安七炫,我叫Kangta,我是个很情绪化的人,而且很敏感。嘿嘿,我还很爱哭哦,很好笑吧?我常会和我的朋友们去Lotte World学街舞,所以我的舞跳得不错呢!我在H.O.T中是担任过主唱。我有很多目标哦,而且我决定要去完成它们,请给我一点掌声吧!我想要当一个很棒的歌手和作曲人,也想要当一个好老师。我最难过的回忆就是我以前曾经养了两只小鸡,但它们在我家死了!我哭了好久……"

米戈从来没有听到过如此巨大的掌声,夹杂着持续不断的哭叫,震耳欲聋,"安七炫,我爱你!"那种场面只有两个字可以形容:爆棚!

米戈耳鸣眼花,他感觉到整个星光会馆就像一个巨大的火药桶,果然那个万人迷没有出来当导火索,一段精彩的韩国街舞过后,主办方撒了一沓安七炫的新片宣传单,就草草宣布散场。

失望透顶的歌迷们顿时无法自制,芬妮坐在地上伤心地哭,更多人跺着脚喊出了"骗子"两个字。秀筑像被冻住了,

一动不动,任旁边的人挤来挤去,浑然不觉。米戈拉着她,用劲吃奶的力气,才磕磕绊绊带着她离开了这块混乱的伤心地,两个人靠着星光会馆外面的围墙喘气。

"你是不是很失望,那人说话不算数。"米戈轻轻推推那个伤心到麻木的女孩。

"不怪炫呀,是我们把他吓坏了!"秀筑心疼到不敢责备炫一个字,只是静静地流泪。

"哭去吧!哈,我马上要到韩国去看Kangta了!"芬妮又出现在他们面前。

"你吹牛!"秀筑赶紧擦掉眼泪,一脸不屑。

"这回是千真万确的事情,是韩国演艺企划社组织的。足足有三天时间和BABY-VOX、神话、NRG、金喜善、张东健,当然最重要是和Kangta见面联欢。说是还可以试镜头,我还准备把我的鼻子好好修改一下,他们那里有美容午餐,一个小时就可以搞定,你说我去搞一个像Kangta一样的鼻子怎么样?以后让你看着也是一种安慰呀。"

"真、真的?"秀筑舌头打结。

"想不想去呢,只要交几千块钱。"芬妮瞟瞟秀筑,"我知道,虽然你老爸很有钱,可他不会花一分钱在这种事上的。不过,看在你也是对Kangta那么死心塌地的分上,我愿意帮帮你!"

"怎么说?"秀筑语调平板。

"把你收藏的Kangta统统卖给我,我就给出钱给你报名!"

"免谈!"

"咯咯!"芬妮耸耸肩膀,"随便你,我的收购价一天会比一天低的!"

她走了几步,又回过头来,"忘了告诉你,报名要趁早,名额有限喔。"

芬妮走远了,秀筑才徐徐吐出一口气,像是憋了很久。

"你一定很想去是吧?"米戈看得出到秀筑一脸的茫然若失。

"想又有什么用?"秀筑忧伤又无奈,"我——决定不去了!"她千辛万苦抵抗着那个天大的诱惑。

"我就是不出卖我的收藏。我讨厌芬妮,她是那种喜欢谁,就千方百计要独占的人。"

一辆灰色轿车"刷"停在米戈身旁,车门自动打开,一个男人跳下车子,"米戈吧?我有话问你。"

"你是谁呵?"米戈摸摸脑袋,忽然醒悟,"哦,秀筑的爸爸吧?你很像她啊。"

"颠倒了,应该是她像我才对!"秀筑的爸爸身材精干,气度不凡。

"秀筑不见了!"他忧心忡忡地说,"本来我也不会太担心。可是这次不同寻常,房间里所有关于安七炫的东西都不见了,手机也关掉了。我到处找不到她,你知道她到哪里去了么?"

"汉城!"米戈脱口而出,马上改口,"是她想去汉城!"

"荒唐,固执!"秀筑爸爸沉下了脸,"我已经够宽容了,至少不反对她!"

"可是你也没支持过呀!"

"明明是条死路,我希望她知难而退,有一天会清醒!"

"知难而退?你知不知道她卖过血,为了安七炫的写真集?你知不知道她通宵排队,却没见到安七炫,伤心至极?你不知道她只想去一次汉城,见到她喜欢的Kangta?不,秀筑不会退缩的,至少现在不会!"

"真是越来越疯了!"他很吃惊,来回踱着步子。

"现在你不帮她,才是逼她走死路呢?"

"什么意思,她在哪儿啊?"秀筑爸爸抓住了米戈的双肩,失声问道。很久以前,秀筑差点跟着被他丢出窗口的安七炫的照片海报纵身一跃的激烈神情,此刻,清清楚楚,又跳到了他面前。

"难道你就没有年少轻狂过?"米戈反问他,"如果你有能力,为什么不让女儿幸福一次?那是秀筑的一个梦啊!"

"你不是说只要我把收藏让给你,你就保证我和你一起去

汉城,一起去见Kangta么?"秀筑质问芬妮。

"我改主意了,"芬妮笑眯眯的,"现在过了一天,我的兴趣也减少了一半,它们只好打五折!"

"你再加一千,我自己还有点积蓄,还能撑得起去那边的费用!"

"一分也不会加的,我劝你趁早出手,没人会出比我更高的价格,也没人比我更有资格喜欢Kangta!"芬妮把脸贴在写真集封面的Kangta那张分外俊秀的脸上。

"还我!"秀筑跳过去。

"我买了!"芬妮拿起一沓钱,塞进秀筑的领口,"你滚吧,你没有资格再喜欢他了!"

"瞎说!"

"不是吗?一个可以随随便便出卖Kangta的人,就是没有资格!喔,"芬妮拿起秀筑最近买的一沓画片,"啧啧,一看就是'北极星'的货,和我的一模一样。亏了,真亏!"接着她毫不含糊把头一张,就是秀筑从米戈脚板下抢救来的Kangta穿紫色樽领衫的那张,"哗嚓"撕成两半。

"不许!"

"我乐意!现在他是我的了!"

"嘭!"秀筑照直芬妮的手臂就是一拳,然后把那沓不厚不薄的钱甩了过去。她转过身,把自己的收藏宝贝统统收到她的大背包里,芬妮不甘示弱,扑上来和她抢起来……

米戈赶到,看到的是两败俱伤的场面,芬妮在揉胳膊,秀筑捂着鼻子。

看到米戈,秀筑突然觉得自己很丢人,背起背包就跑,米戈紧紧跟着。

一直追到一座天桥,秀筑别转头,恨恨地丢下一句话:"不要你管!"

米戈却拽住她胳膊,"这事我管定了!"

她挣脱,"你以为你是谁啊!"

"我是你朋友!"米戈叫,"你现在需要朋友!"

"我需要钱,你有么?你知不知道喜欢一个人真的好贵,什么都要买正版原版的。Kangta有我这样的双鱼座Fans真是太幸福了。双鱼座一旦有崇拜的偶像,绝对会是不惜血

本,掏心掏肺的奉献。"秀筑穿着有帽子的T恤里,还是一件圆领的T恤,外面罩格子衬衫,敞着,微微佝着背,眼泪在眼眶里兜兜乱转。

"我想不通,想不通呀!"她揉揉鼻子,恨恨说,"芬妮这样的算什么Fans,简直是寄生虫,带着一帮人,哪个明星来了都会追上去,讨海报,接近明星拍照,拼命弄签名。明星还没走,她们就在现场兜售开他们的签名、海报、照片、CD、T恤,讨价还价。如今,她居然可以用这么赚来的钱去看Kangta。而我,一个双鱼座的最佳Fans,居然屈辱到去求她。本来以为为了Kangta,我什么都能做,可我还是做不到!"

"完了,我是去不成汉城了!"秀筑双手抓着天桥的栏杆,颓然蹲了下来。

"谁说的?"米戈看看腕表,弯下腰,向秀筑伸出手去,"你最好马上站起来,再过一刻钟,安七炫就要做客新浪网,说不定还能捞着和Kangta聊天的机会呢。"

这句话无比灵验,秀筑脸上顿时放亮,跳起来就奔,一边

奔一边问,"最近的网吧在哪里?"

安七炫一如既往穿着他最喜欢的黑色,脖子上挂着一个金属光泽圆圈坠子。

聊天室里人声鼎沸,问题像子弹一样密集发射——

安七炫你好,前阵子听说你的声带有问题,我很伤心,也非常担心你?

安七炫:每个歌手唱歌的时候,都很容易出现发声的问题,所以,这个也是每个歌手经常遇到的事情,所以你们不用担心。

米戈于是笑秀筑的薄荷糖派不上用场了。

我们和很多歌迷一样喜欢你们,我觉得安七炫是一个有思想的歌手,你发行的第一张专辑到第二张专辑的变化很大,不太能够接受,为什么有这样的转变?

……

接着不断有人问各种各样的问题,关于音乐的、关于歌迷的,有点沉闷。

秀筑一直在不折不挠打着问题,终于,她的问题被提到了

上面——

"有了心爱的人,会宝贝她么?"

安七炫好像停顿了一会会,马上滔滔不绝:"假如我有女朋友,我会像对公主一样地对她,假如有必要,我会赞美她是这世界上最美丽的女孩,我会给她买一切她想要的东西,不管多么昂贵……"

秀筑的脸是笑的,可是眼泪噼里啪啦地掉,"注定只有一个幸福的女孩。其他的,统统心碎!"米戈只好不断地送上纸巾让她擦了眼泪擦鼻涕。

擦完眼泪,秀筑一字一句敲进去她的深情祝福,"亲爱的Kangta,如果找到了你爱的女孩,记得一定要幸福喔。你幸福了,所有爱你的人会觉得幸福!"她的表现,真是无愧于最具奉献精神的双鱼座Fans!

秀筑的爸爸没有对米戈食言,8月17日,秀筑登上了开往浦东机场的巴士准备去汉城。那天,她穿得漂亮极了,套着果绿背心,带着绿松石手链,戴着蝴蝶形太阳镜。巴士启动了,米戈骑着跑车,一路追赶,突然,他两手脱开车把,拢着嘴

唇,冲着秀筑大声呼喊:"秀筑,一定要幸福喔,一定要幸福喔……"

秀筑笑着挥动手臂,一边落下了欢天喜地的眼泪……

图书在版编目（CIP）数据

当左括号遇到右括号／郁雨君著．－－济南：山东文艺出版社，2012.3
（辫子姐姐．纯情经典系列）
ISBN 978-7-5329-3691-5

Ⅰ．①当… Ⅱ．①郁… Ⅲ．①儿童文学－长篇小说－中国－当代 Ⅳ．① I287.45

中国版本图书馆 CIP 数据核字（2012）第 016261 号

辫子姐姐纯情经典

当左括号遇到右括号

郁雨君　作品

主管部门：	山东出版集团
集团网址：	www.sdpress.com.cn
出版发行：	山东文艺出版社
社　　址：	山东省济南市英雄山路 189 号
邮　　编：	250002
网　　址：	www.sdwypress.com

读者服务：	0531-82098776（总编室）
	0531-82098775（营销部）
电子邮箱：	sdwy@sdpress.com.cn

印　　刷：	山东新华印刷厂潍坊厂
开　　本：	155×210 毫米　1/32
印　　张：	6.25　插页 /4
字　　数：	86 千字
版　　次：	2012 年 3 月第 1 版
印　　次：	2012 年 3 月第 1 次印刷
书　　号：	978-7-5329-3691-5
定　　价：	18.00 元

版权专有，侵权必究。如有图书质量问题，请与出版社联系调换。